P

CHAOS DEBOUT

Suivi de quelques soubresauts…

http://www.chaines-de-caractere.com

Chaos debout	5
Un soir de juin, à Nice	77
Sang d'encre	81
Veau corse aux olives, noires.	87
A cent, je me casse !	91
Matthieu	95
Don Juan se ronge les sangs	99
La ferme de la liberté	103
Le Père Noël de Kaliningrad	109
Alexandre le Délirant	115
Totoche	119
La migraine d'Arthur Rubinstein	125
Monsieur Kurtz et le curé de Saint-Laurent	129
Mon ridicule te sauvera	135
Faubourg-Saint-Denis	139
The Harpyes days	147
Monsieur Roalion et Jurdh-le-rat	155
La Seconde Commune de Paris	159
La fille de l'autoroute	167
Dans la toile	169
Souvenirs désordonnés de Michèle	175

Chaos debout

Mercredi 10/4/02 - 8 heures 45.

Un... deux... trois... quatre... cinq... coup d'œil. Un... deux... trois... quatre... cinq... coup d'œil. Je bats discrètement la mesure sur l'accoudoir et toutes les cinq secondes, je la mate brièvement. Un... deux... trois... quatre... cinq... coup d'œil. Elle a remarqué mon manège, c'est sûr. Un... deux... trois... quatre... cinq... coup d'œil. Cette fois-ci, j'ai croisé son regard. C'est une timide. J'aurais dû m'asseoir à côté d'elle, tout de suite, sans hésiter. Maintenant, je n'oserais jamais. Peur d'être humilié. Il faut que je m'occupe à autre chose. Le journal. Lionel Jospin ne s'est toujours pas remis de sa bourde sur l'âge de Jacques Chirac. Elle m'observe dans le reflet de la vitre, ou alors le paysage. Ou les deux. Chevènement cherche son second souffle. Elle doit avoir entre trente et trente-cinq ans, mariée, sûrement. Neuf heures moins le quart, il reste une demi-heure de train. J'en ai marre mais j'aimerais que ça dure longtemps. Un... deux... trois... quatre... cinq... coup d'œil. Elle dort maintenant, ou fait semblant. Les femmes ont du cran pour stopper net des situations qui ne peuvent déboucher sur rien. Elles sont efficaces. Bon, revenons à ma voisine. Elle ne me plaît pas mais au moins elle fait attention à moi. Ça fait toujours plaisir, et en plus je peux lui parler. Mais de quoi ? Je sens à nouveau le regard de miss trente-cinq ans. Je vais la snober, mais je suis trop curieux. Il y a au moins cinq mecs qui l'observent. Quand je me sens con parmi les cons, je me sens encore plus con. Cette fois-ci, j'abandonne pour de bon. Le Nouvel Obs. Un château en Dordogne, deux cents mille euros, à retaper. Le prix d'un trois pièces à Paris. Pourquoi pas ? Tout arrêter et lentement creuser sa tombe. Ceux qui ont sauté le pas ont le reste de leur vie pour le regretter, sans possibilité de retour, pour cause d'amour-propre. Creuser sa tombe ou sauter à pieds joints dans le trou, quelle différence ? Le plus dur n'est pas de faire des choix mais de les assumer, si besoin avec mauvaise foi. Ca y est, je repense à la mort, la non-vie, plus rien voir, plus rien entendre, brrr ... ! Il faut chasser cette pensée, vite s'arracher du siphon. Elle est quand même pas mal, cette nana. Il est possible qu'elle soit insupportable, mais en attendant, à cette seconde et sans preuve du contraire, elle est la plus sensuelle et la plus mystérieuse. Dans quelques heures, son souvenir sera dilué dans tout le reste, englouti. Mais je sais qu'un jour, dans une fraction de seconde, grâce à une odeur, un même mouvement, je repenserai à elle. Elle fait partie de ma vie, de mon chaos. L'édito de Jean Daniel. Profond, très profond. Mais chiant, profondément chiant. Il faut que je relise le paragraphe, je pensais à autre chose. Impossible de me concentrer, ce matin. A quoi peut-elle penser ? En tous cas, elle le cache bien, son regard est complètement vide. La chronique de Jacques Julliard. Encore une leçon de morale. Il se prend vraiment pour un missionnaire. Catho rocardien, sincère et refoulé. Il ne doit pas être gai. « Vous avez du feu ». Ma voisine ! Trouver rapidement une réponse drôle. Impossible. Le blanc, le trou, tant pis pour moi. Je ne lui adresserai plus la parole, c'est trop tard. Je lui tends mon briquet, sans commentaire. Le temps s'étire, et moi aussi. Je ne vois qu'une seule solution : lire le dossier sur l'Afghanistan, mot à mot et jusqu'au bout, notes de bas de pages comprises. L'horreur est abstraite quand elle est écrite noir sur blanc, et qu'on n'entend pas le bruit des canons. Je le tue, il va me tuer, j'ai peur. La guerre est animale. Tout le reste est masturbation de journaliste. Même les hommes politiques s'accrochent aux wagons de l'histoire. J'ai lu quelque chose de ce genre, chez Kundera qui citait lui-même quelqu'un d'autre. C'est vague comme référence, mais il ne faut pas trop en demander à ma mémoire. J'admire ce mec qui formalise aussi bien des idées qui sont présentes mais si obscures dans mon esprit. Il pense pour moi, c'est reposant. On arrive. Miss trente-cinq ans a déjà disparu. Je suis vraiment un rêveur. Bon ! Affaire suivante : retirer du fric et trouver un taxi.

Toutes les Places de la Gare des villes de France se ressemblent comme des maquettes figées de la prospérité des années soixante. La gare - début de siècle pour les plus chanceuses, reconstruite après la guerre pour les plus malchanceuses, ou gare-TGV, de métal et de verre, les plus esthétiques - fait face à l'horrible et inénarrable tour, vestige d'un concours national de laideur. Les urbanistes devraient s'amuser à classer les villes en fonction de la hauteur de leur tour-de-centre-ville.

Le taxi pue la cigarette froide malgré le panonceau « prière de ne pas fumer ». Le chauffeur frustré est un silencieux comme quarante pour cent de ses confrères d'après mes statistiques. Ce qui est étonnant est que les soixante pour cent de bavards le sont uniquement par plaisir, sans but commercial, et cela quelle que soit la région. Mon chauffeur est heureux pourtant : l'adresse que je lui communique est à plus de quinze kilomètres. Quinze euros minimum. Les rues défilent. L'hôtel de ville est bardé de drapeaux, comme certaines voitures le sont de décalcomanies. On préfère voir les étrangers en drapeaux. Cela pose moins de problèmes et c'est plus décoratif. Le bazar central trône au milieu de la rue piétonne. J'aime bien les rues piétonnes parce qu'il y a encore de la place pour la rêverie.

Les gens fuient la rêverie, parce que la rêverie c'est la lenteur et la lenteur c'est la mort. Et devant la mort, ou plutôt l'image de la mort, ils préfèrent l'assimilation ou la fuite. L'assimilation, c'est la mort considérée comme une continuation de la vie. Ils s'infligent sur terre un devoir de souffrance, comme si souffrir allait prolonger leur existence, après la mort. Comme de la pâte à modeler qui s'allonge quand on l'étreint. Cette souffrance est accompagnée par la prière, magnifique moment d'auto-persuasion extatique, protocole de mise en transe, d'abstraction de la raison. Ceux qui poussent la logique jusqu'au bout pratiquent l'abstinence, le jeûne ou l'ascétisme. Ils recherchent une extase permanente, peu intense mais continue, dont ils deviennent dépendants. Les religieux sont des pervers parce qu'ils contrarient le fonctionnement naturel et chaotique de la vie, pervers parce qu'ils recherchent dans cette retenue une forme d'extase, au même titre qu'un masochiste, qu'un préparateur de bonzaï, ou à moindre échelle, qu'un collectionneur ou un bricoleur. La perversité rejoint le besoin d'ordre, l'envie de maîtriser la nature et son corps. Les religieux, pape et imams en tête, se font les champions de la morale et de l'éthique. Ils ne font en fait que la détourner. Ils me seraient tellement plus sympathiques si un jour ils déclaraient : « nous avons le goût de la souffrance, de l'auto-contrainte afin de jouir d'un état d'extase permanent qui nous permet de mieux appréhender notre condition d'humain mortel. »

D'autres tentent d'oublier leur condition d'humain mortel par la fuite. Ils précipitent leur vie et multiplient les événements qui s'y déroulent, réduisent les moments de rêverie pour s'empêcher de penser, et donc de penser à la mort. C'est la recherche de l'extase par la transe, de la transe par l'augmentation du rythme et non plus par de perverses frustrations. Qu'ils se gavent de télévision ou de musique, voyagent sans cesse ou restent pendus à leur téléphone portable, ils cherchent à oublier leur corps, et surtout que ce corps est périssable.

Pour ma part, j'essaie de maîtriser la rêverie, qui par chance et sans cesse s'impose à moi. De laisser aller mon chaos interne, tout en gardant difficilement un minimum de raison. Il y a en moi un double aux aguets. Je ne m'interdis aucune pensée, quelle qu'elle soit, mais j'ai en même temps un regard critique sur ces pensées, une double conscience. Si je m'imagine par exemple tuant ou violant une personne que je connais, ou pire que j'aime, je prends acte de cette pensée, ne la réprime ni ne la favorise, mais je sais raisonnablement que je ne passerai sans doute jamais à l'acte.

Le rêve, le vrai, remplit en partie cette fonction, mais il est de fait moins culpabilisant car on ne se sent pas responsable de ce qui s'y passe. Comme un autre soi que personne ne juge, qui prend sur lui notre part d'ombre. Là est sans doute leur raison d'être.

Nous arrivons dans les faubourgs de la ville. Les hôtels Ibis, Climat et autres annoncent la zone industrielle.

Dix-huit euros plus deux de pourboire. Je me sens toujours obligé de laisser des pourboires aux chauffeurs de taxi. C'est absurde comme certaines autres manies auxquelles il m'est très difficile d'échapper.

L'hôtesse d'accueil est grosse et moche mais non sans charme. Comme souvent dans sa fonction, elle a une voix très sensuelle. Elle me présente un fauteuil pour le traditionnel quart d'heure d'attente. A quoi pensent donc tous ces visiteurs ? Se laissent-ils comme moi entraîner dans d'absurdes associations d'idées ou s'intéressent-ils réellement aux journaux économiques qu'ils ont entre les mains. Je parcours les pubs : des jambes magnifiques me présentent un placement financier et me font penser à la tête de mon banquier. Si le monde était l'espace de quelques jours tel que les publicitaires nous le présentent! Arte a fait sa meilleure audience depuis son existence en diffusant l'Empire des Sens. On comprend mieux pourquoi le monde nous est présenté comme cela. Il reste à se demander pourquoi il n'est pas réellement comme cela. S'il l'était, on nous le présenterait sans doute autrement. Flattez notre imaginaire, mais n'en faites pas notre réalité.

Un homme propre sur lui s'approche. Il me cherche, essaie de me deviner mais je le laisse hésiter. Par réflexe, je l'imagine tel qu'il était à dix ans et tel qu'il sera à quatre-vingts ans. Je le suis dans les couloirs. Au look du personnel, je pressens le genre de boîte : familiale à forte croissance. Les pires, où transpirent paternalisme des patrons et culture de la méfiance envers les fournisseurs. Vu la présentation des secrétaires, la seule femme à un poste de responsabilité doit être le chef du personnel. Je déballe le matériel et commence la démonstration. Il ne comprend rien, son regard se noie dans l'écran. Il cherche à formuler une question pertinente, si possible humiliante, une question de décideur. Le mieux est d'aller dans son sens et de se mettre en position d'infériorité. Je poursuis mécaniquement la démonstration pendant que mes pensées s'envolent, éclatent, s'entrechoquent et s'associent, comme des bulles dans un courant d'air. Je redescends sur terre en lui disant au revoir. Je ne vendrai sûrement rien dans cette boîte.

Mercredi 10/4/02 - 18 heures.

J'ai raté le train de retour. Une heure et quart d'attente pour le suivant. La plupart des gens ne supportent pas d'attendre. Je suis heureux à chaque occasion d'attente imprévue et forcée. Une heure quinze de liberté-rêverie. J'observe les passants ou mieux encore les gens au travail. Une personne au travail, qu'elle que soit son activité, parait toujours moins sotte. A l'inverse, le pire des cas revient au touriste. Cela vient du fait que notre rapport aux autres se fait principalement à travers leur rôle dans la société. Une personne inactive est socialement mise à nu. Elle n'a plus que son moi pour se défendre. Elle n'a surtout plus de palliatif à sa condition d'humain mortel.

La serveuse sert, le patron compte, les clients boivent, les habitués commentent, les râleurs râlent. Tout cela est très rassurant. La cerise sur le gâteau est cette voyageuse attablée dans un coin de la salle, comme moi en attente, qui trompe son ennui, merveilleux ennui, par quelques regards en coin entre deux paragraphes d'un énorme bouquin, dont elle ne se rappellera même plus le titre dans quelques mois. Alors elle marque la page et glisse le pavé dans un sac mi-plage mi-commission. Elle allume une clope et rapidement son visage s'assombrit, son regard se voile. Elle ne me voit plus, ce qui me permet de la détailler sans gêne. Ce ne sont pas les détails de son physique qui plus tard me permettront de me souvenir d'elle, de virtuellement la recréer. Le mieux serait évidemment son odeur, mais je me vois mal traverser à quatre pattes le buffet de la gare pour aller renifler entre ses jambes. Alors ce sont ses gestes inconscients, ses battements de paupières sur ce regard absent, sa façon de se tenir penchée en avant sur la table, la tête posée sur sa paume, qui me racontent le plus fidèlement son histoire. Sans oublier mon imagination bien sûr, qui de ces fragments recolle les morceaux, comble les vides par ma détresse à sa détresse mélangée. Elle sort d'une sacoche, cette fois-ci à l'allure très professionnelle, un stylo-bille et un bloc dont elle arrache nerveusement une page. Elle se met aussitôt à y écrire sans discontinuer un texte, une lettre peut-être. Cette scène se révèle maintenant à moi indispensable à l'harmonie du lieu, comme un soliste dans un orchestre. Au même titre que la dame-pipi, le flipper et ses cling-cling-clang, le joueur de flipper et sa cigarette, collée aux lèvres, dont la fumée le gène. Au même titre aussi que l'écran vert tremblant sur noir listant les départs, que le serveur se pressant inutilement entre les tables, et le patron maîtrisant le percolateur d'un geste sûr, comme une boulanger son four, ou autrefois un cheminot la pression de sa chaudière. La maîtrise du métier, du geste, répété mille fois à l'identique, à la seconde près. C'est la recherche de la perfection dans la façon plus que dans l'objectif. Refaire et encore refaire, comme l'oiseau son nid ou le lapin son terrier. Pourtant, dans ces gestes-là, notre intelligence, notre capacité de raisonner, notre supériorité d'humain, n'est que très peu utilisée. Beaucoup moins que lorsque pour la première fois, notre cafetier a cherché et fébrilement mis en marche sa machine pour, après une heure de tâtonnement, réaliser son premier café sans goût. La perfection n'est pas spécifiquement humaine, mais elle est valorisante. Individuellement, nous privilégions le savoir-faire à la découverte. Nous sommes en cela pas très différents des autres espèces. Chaque génération n'amène finalement que très peu de valeur ajoutée, mais en revanche valorise très consciencieusement le moindre nouvel acquis. Et pour être plus efficace, une force antagoniste nous incite à nous organiser. Nous déléguons à des machines nos travaux les plus maîtrisés. Ainsi nous travaillons moins, ce qui pourrait nous permettre d'être plus inventif, plus créatif, donc plus « intelligent ». Mais notre pauvre cerveau n'est pas habitué à ça. Nous nous trouvons démunis devant ce moi dénudé qui nous angoisse tant, devant ce vide qui ressemble tant à la mort. La société, et à l'échelle du temps la civilisation, a des ambitions plus grandes que chacun des individus qui la composent. Il y a un esprit collectif qui va à l'encontre des aspirations personnelles. Il est plus facile d'être progressiste lorsque les projets sont abstraits. Les citoyens des démocraties élisent des dirigeants sur la base de projets ambitieux qu'ils n'entreprendraient pas s'ils en étaient personnellement responsables. Les leaders, qui ne proposent ces projets que par obligation de volontarisme due à leur fonction, à leur rôle, se sentent tenus de les appliquer en partie. Ainsi va la civilisation, progressiste par somme de conservatismes.

Le train part dans cinq minutes et mon café est déjà froid. L'inconnue de la table du fond n'est plus là. Je ne me suis même pas aperçu de son départ. Mes putains de divagations m'ont une fois de plus joué un sale coup. Mais je suis décidé à tout faire pour la retrouver dans le train, en espérant qu'elle l'ait bien pris.

Je grimpe dans la voiture de tête et remonte difficilement le couloir. Le TGV est presque plein et il est difficile de me frayer un chemin entre les gens qui prennent place. Rennes est le dernier arrêt avant Paris et les voyageurs montés à Brest voient, comme de coutume, les nouveaux venus comme des intrus. Ceux qui avaient pris leurs aises à des places qui ne leur étaient pas attribuées râlent qu'on les dérange, comme si le fait d'avoir chauffé le siège avec leur cul leur en donnait la pleine propriété. Fin des voitures de première ; suit le bar sans âme aux fenêtres obstruées à hauteur de visage, histoire de bien dissuader les encombrants contemplatifs, puis le wagon fumeur où j'ai ma place réservée. Toujours pas trouvée, je continue. Voiture six. Stop. Je repère le sac à commissions sur un siège côté fenêtre, avec le gros pavé. C'était « le pendule de Foucault » d'Umberto Eco. Courageuse en plus ! La tablette du siège contigu, côté couloir, est baissée. Je reconnais le stylo et la lettre, cachée en partie sous un Cosmo. Il semble donc qu'il n'y ait personne à côté d'elle. C'est maintenant que je vais devoir accomplir un acte de bravoure. Les regards ternes des autres voyageurs me poussent à agir. Si je reste comme ça, sans rien faire, il me semble qu'ils deviendront soupçonneux alors que l'expérience montre qu'ils n'en auraient rien à foutre. Je déplace le sac plage-commissions et me glisse maladroitement sous la tablette pour atterrir sur le siège du fond. C'est bon, personne n'a semblé remarquer mon manège. Je suis con, mon cœur bat comme si je m'étais introduit de nuit dans une banque. Maintenant il faut que je me calme, mais il y a encore le risque que cette place soit attribuée à un voyageur monté à Rennes. Je me dis que si personne ne la réclame, ce sera un signe et que j'aurais intérêt à être à la hauteur de ce cadeau du destin. Il m'arrive souvent de m'adresser ainsi à moi-même, avec beaucoup de solennité.

« je me suis installée près du couloir, je suis un peu claustrophobe. Ca ne vous dérange pas, j'espère ».

Dix secondes. C'est long, dix secondes, et c'est à peu près le temps d'extraction d'un vague bafouillis, telle ma surprise a été brutale. Je dois avoir la couleur de son rouge à lèvres.

« Non, non, pas du tout ».

La réponse, qu'elle n'a pas attendue pour s'asseoir, tombe à plat. Elle fait semblant de ne pas se rendre compte de mon émotion, mais je sens sans le voir un subreptice sourire. Mes quinze ans de timidité me font retrouver l'attitude du parfait indifférent, en contradiction complète avec la secousse intérieure que je ressens, dont l'épicentre se situe au niveau de l'estomac.

J'ai maintenant plus d'une heure et demie pour improviser quelque chose. Aucune réaction, mais j'apprécie déjà sa présence à moins de trente centimètres. En me concentrant, je réussis à sentir sa chaleur. Feuilletant son Cosmo, elle lit sans lire, jouant comme les autres son rôle de mystérieuse voyageuse. Comme voir pour regarder, entendre pour écouter, on devrait inventer un terme signifiant lire sans attention. Je change de position pour signaler ma présence, comme si elle avait pu oublier que quelqu'un était assis à côté d'elle. J'imagine un dialogue qui s'engagerait, tout en intensité comme dans un film, mais cela n'est jamais le cas, ou tellement rarement. C'est pourquoi j'ai tellement de mal à engager une conversation, mêlant la peur de ne pas être à la hauteur de mes ambitions à celle d'être humilié. Le temps passe; il y a un délai au delà duquel plus rien n'est possible, un temps d'assimilation qui détruit toute l'émotion nécessaire. Elle abandonne sa lecture, range la revue dans le sac à commissions, sous son siège. Tee-shirt court et pantalon taille basse : son mouvement en avant dévoile la naissance de ses fesses et fait remonter ma température. Elle reprend ensuite son stylo, rouge, et finit d'un seul jet la lettre que je ne peux m'empêcher de lire :

Mon frère,

J'ai du mal à écrire sur toi, pour toi. Tu nous exploses à la figure. Tu romps notre comportement égoïste qui nous laisse croire que l'on peut s'aimer sans se comprendre, simplement parce que l'on est frère ou sœur. J'ai construit ma vie hors de la famille, sentant au fond de moi que ne pouvait s'y exprimer ma vraie personnalité. Je n'ai pas cherché à m'imposer, ma voix intérieure était trop faible. Mes cris retenus, refoulés, ont inscrit en moi une détermination sans bornes. Notre relation de frère et sœur en a pâti. J'aurais au moins loupé ça dans ma vie.

Aujourd'hui, tu es à l'hôpital, enfermé contre ta volonté. C'est la cassure, la fracture. Comment reconstruire notre histoire ? Comment te comprendre, comment te connaître vraiment dans les méandres de ta révolte ? L'idéal serait que tu puisses lire dans mon esprit les pensées, les sentiments qui te concernent, comme dans un livre ouvert, échappant au filtre opaque de la communication, de la gêne, de la pudeur, et même des pensées de premier niveau.

Tu y lirais entre autres choses de l'admiration, admiration pour tout ce que tu oses, pour tout ce que tu pourfends sans retenue, pour le fait que toi tu pourrais poster cette lettre que tu ne liras peut-être jamais.

Aujourd'hui tu es en crise. Tu nous fais peur. Tu nous renvoies notre image déformée, distendue. Tu secoues en nous la vase qui nous étouffe, mais qui nous protège aussi. Nous ne sommes pas comme toi capable de vivre à vif. Mais toi, comment en sortiras-tu ? Trouveras-tu ton équilibre tout en gardant ta sensibilité ?

J'ai peur que les psys ne se contentent de traiter la crise sans trouver en toi le refoulement fondamental, sans éradiquer les angoisses qui un jour réapparaîtront.

Le train arrive. Je suis comme un zombie. Je la laisse, sans réaction, me saluer d'un sourire, descendre sur le quai, s'éloigner et se perdre dans la foule. Comme une tâche de couleur lentement avalée dans la masse monochrome. Puis il ne reste plus que la foule, qui se déplace en mouvements ordonnés. Les trajectoires sont rectilignes, parfois ralenties par quelque croisement. Il y a peu de flâneurs dans une gare. Les voyageurs redécouvrent la réalité de leur rôle. Ils ne sont plus déplacés et redeviennent leur propre moteur. Le corps est actif mais l'esprit ne l'est plus. En posant le pied sur le quai, Ils replongent dans la réalité. Les regards sont droits et non plus circulaires. Sans concertation, les flux s'organisent comme dans une colonie de fourmis. L'arrivée du train désorganise momentanément le système qui retrouve rapidement sa fluidité. Chacun des marcheurs règle son pas, sa trajectoire, sa vitesse en fonction du système, et cela sans organisation extérieure. Il y a très peu de sourire ou de manifestations émotives chez l'homme qui marche. En contraste avec ce décor mouvant, l'émotion des personnes qui se retrouvent ou se quittent m'est d'autant plus spectaculaire que je suis encore sous le choc de ma rencontre. Spectaculaires mais brèves émotions, du moins en apparence. Très vite les couples qui se forment se mettent en marche. L'esprit de la foule accepte toutefois que le rythme de leur pas soit pour un moment encore plus lent, en décalage. Les couples qui se séparent gardent pendant quelques pas l'expression d'une émotion sur leur visage, mais très vite leurs traits prennent leur aspect uniforme de marcheur, comme un jouet en latex qui retrouve sa forme après qu'on l'a écrasé.

Je me sens à contre-sens, en décalage de rythme. Comme tous les rêveurs, je ne suis pas assimilé par le système. D'un regard extérieur, il me semble percevoir *l'esprit* de la foule.

Mais un retour brutal à la réalité me fait prendre conscience qu'il est sans doute trop tard. Que ces cinq minutes de décrochage m'ont à jamais séparé de Claudia. C'est ainsi qu'instinctivement j'ai nommé l'inconnue. Ce sera ma Claudia Chauchat de la *Montagne Magique*. Elle meublera pour longtemps l'essentiel de mes pensées, de mes associations, de mes fantasmes. Une sourde énergie me pousse cependant à plus d'efficience. Cette émotion ressentie, ce mal aux tripes ne mérite pas de ne s'accrocher qu'à une image virtuelle qui, obligatoirement, se diluera dans les marécages de ma mémoire. Secoue-toi, Fabien, cours dans tous le sens, affole-toi. Cette agitation ne se traduit pas physiquement, mis à part le cœur qui bat un peu plus vite, et toujours ce foutu mal au bide. Noble sentiment, mon cul ! La chiasse, oui ! Ca gargouille, ça transpire des fesses, le slip colle.

Même dans ces moments-là, il est si difficile de s'arracher de la glue des habitudes. Je m'arrête au tabac. L'employé utilise sa caisse avec ses deux mains en élégants mouvements de pianiste, lançant des regards paternalistes et réprobateurs à sa nouvelle et lente collègue, au comportement maladroit et soumis. L'arrogance de celui qui sait domine l'angoisse de celle qui découvre. Et là, devant celle qui, encore humaine de son inexpérience, se dépatouille fébrilement sur son clavier, Claudia. Je dois vraiment avoir l'air con avec mes tâches rouges et ma bouche ouverte. Elle récupère enfin sa monnaie, adresse un sourire complice à la caissière, se baisse légèrement sur sa droite, ramasse son sac de plage et dans le même mouvement l'accroche en bandoulière à son épaule droite, se retourne sur sa gauche. Dans le même temps de sa rotation sur la gauche, son regard se lève pour fixer un repère qui va guider ses prochains pas. Aligné dans l'autre file, celle de gauche, celle du caissier rapide et antipathique, je me trouve donc sur le chemin circulaire de son regard. Celui-ci me dépasse, puis souplement revient, immédiatement suivi d'un sourire spontané, puis rapidement retenu comme si sa conscience, avec un léger retard, le jugeait trop complice. Un pas, deux pas, elle va me croiser. Ma bouche, déjà ouverte, se déforme en quelque chose qui doit être bien ridicule mais signifie une sorte d'accusé de réception. Au moment où elle me croise, et me présente donc son profil, il me semble percevoir une sorte d'amusement moqueur dans l'expression de son visage. C'est sans doute ce léger déplacement sur le terrain de la dérision qui me sauve. Là je suis plus à l'aise. Je pivote sur ma droite, comme guidé par un aimant. Elle avance d'un pas trop lent pour ne pas être une invitation. Fabien, si tu ne fais rien maintenant, tu n'es qu'un veule con.

« S'il vous plaît »

Elle décélère sur deux pas, s'arrête, se tourne au trois-quarts : « oui ? »

Le sourire est maintenant plus franc. Je comble les trois mètres qui nous séparent : « je suis ridicule, n'est-ce pas ? »

Son regard brille, exagérément moqueur : « oui ! »

Un blanc ... elle semble jouir de ma détresse. Je bafouille : « nous étions côte à côte dans le train ». Elle manque d'éclater de rire : « ah bon ? ». Naturellement, je tombe dans son piège : « Oui, rappelez-vous. Je vous ai même laissé le côté couloir ... vous êtes cruelle de me laisser m'enfoncer comme ça ! »

« Mais non ! Enfin, peut-être un tout petit peu. Mais vous avez l'air tellement .. troublé. C'est touchant. Pour me faire pardonner, je vais vous proposer quelque chose. Reprenez vos esprits et appelez-moi vendredi. D'accord ? Vous avez de quoi noter ? »

Mes mains tremblent et peinent à trouver un stylo dans ma sacoche. Je suis prêt à noter au dos de mon paquet de clopes.

« Isabelle – 01 46 94 87 78. Salut, à vendredi. »

Jeudi 11/4/02 – 13 heures.

La pression est tombée d'un coup hier soir, jusqu'à écarter Isabelle de mes pensées pendant quelques heures, pour remonter doucement, linéairement depuis ce matin. Aujourd'hui l'exaltation, demain le stress. J'ai prétexté un pseudo déplacement de maintenance pour ne pas avoir à pointer au bureau. Envie de ne voir personne de connu aujourd'hui. Le plus étonné était le client qui, ce matin, ne m'attendait plus alors qu'il me relançait depuis des semaines. Ca m'a pris la matinée mais maintenant, pas question de retourner à la boîte. Une après-midi à glander, flâner dans Paris. Direction mon quartier : Montmartre, quartier des Grandes-Carrières, face Nord, pas celle d'Amélie et des touristes, que je ne dénigre d'ailleurs pas et que j'inclus dans mes promenades lorsque j'ai des envies de foule et de bobo attitude. Au delà de la butte, il y a le Montmartre populaire, dont les trottoirs pourtant depuis longtemps refaits, portent encore, dans mon imagination uniquement, la trace des pas de Maigret, traînant son ombre humide sous la lumière glauque des réverbères. Il y a quelques lieux devant lesquels je ne manque pas de passer régulièrement. Ils ne sont pas sur les guides, c'est mon circuit personnel, marqué de mes repères. Je pars de la place Guy Môquet et prend la rue Marcadet au coin de laquelle ne se trouve pas, contrairement aux autres rues du carrefour, un troquet mais une agence bancaire. Il faudra un jour qu'on m'explique pourquoi, à l'heure d'Internet et de la mode de la sécurité, il y a de plus en plus d'agences bancaires.

Je croise la rue d'Oslo, hommage isolé dans le XVIIIè à une capitale européenne, alors que toutes les autres, Rome, Budapest et *consœurs* se trouvent dans le IXè, à proximité de la gare Saint-Lazare. Il n'y avait sans doute plus de rues disponibles. Un peu plus loin, je prends à droite rue Frédéric Mistral jusqu'à la place Jacques Froment. J'évite la pente naissante de la butte rue Lamarck, et choisis de contourner l'obstacle par sa gauche, rue Carpeaux. Je longe la caserne des pompiers dont les sirènes abusives font chier les habitants du quartier tout au long de la journée. A l'arrêt du bus, deux adolescentes aux talons compensés se sont levées d'un bond à l'approche hurlante d'un camion rouge. Sans se concerter mais avec un sourire complice, elles s'appuient lascivement et bien en vue sur la balustrade. Leurs visages s'illuminent lorsque les pompiers, surajoutant au vacarme de la sirène, klaxonne en passant, à leur attention. Je ne me doutais pas qu'en plein Paris l'uniforme émoustille encore les jeunes filles. On en apprend tous les jours un peu plus sur la nature humaine. Autre découverte : les camions de pompiers possèdent *aussi* un klaxon comme n'importe quel véhicule. Sans doute le réservent-ils aux filles des arrêts de bus.

Perdu dans ces pensées, je retrouve au croisement suivant la rue Marcadet. Là se trouve l'épicerie auvergnate et sa vitrine entièrement consacrée au miel. J'ai horreur du miel, mais là on ne peut être qu'admiratif devant cette obsession monomaniaque d'en faire des centaines de déclinaisons. Pots, bâtons à sucer, objets sculptés de toutes sortes ornent la vitrine de la boutique dans laquelle je ne suis jamais rentré. Je n'y ai d'ailleurs jamais vu beaucoup de clients. Cette vitrine doit être la fierté du commerçant que j'imagine réticent à troubler ce bel agencement. Je remonte la rue Lamarck, passant sans m'arrêter devant chez moi, jusqu'au métro Lamarck-Caulaincourt en face duquel se trouve le magasin de chaussures sans doute le plus secrètement célèbre du quartier. Dans un décor heureusement très sobre, donc sans recoin caché et largement éclairé de jour comme de nuit, déambule lascivement, désœuvrée car sans beaucoup de clientes, la plus divine des vendeuses. Elle procure à n'en pas douter, l'hiver surtout car il fait nuit et on ne voit qu'elle, trente secondes de bonheur total à la plupart des hommes et je l'espère aussi des femmes que déverse par spasmes réguliers la bouche de métro. Le plus marquant, mais sans doute est-ce le produit de mon imagination, est que je n'ai vu aucun d'entre eux la draguer, comme si un accord tacite interdisait de s'approprier cette perle, qu'elle appartenait au bien commun du quartier. Même les gras lourdingues, qui par leur pression constante et obscène, font que la plupart des jolies femmes marchent dans la rue en fixant leurs chaussures, passent leur chemin avec un simple ralentissement. Cette fée assure au passage, et avec le sourire, une bonne partie du chiffre d'affaire du troquet d'en face où les buveurs, dérogeant leurs habitudes, sont adossés et non accoudés au comptoir. Je commande un sandwich-café en terrasse, malgré le froid, sans vraiment oser observer la vitrine magique, de peur de gêner, pour me distinguer aussi du troupeau des concupiscents. Il me semble pourtant parfois que dans mon champ de vision indirect, je la vois m'observer. Mais sans doute sommes-nous quelques dizaines à partager ce fantasme. A 13h45, comme d'habitude, le patron arrive d'on ne sait où et ils partent déjeuner dans un restaurant, toujours le même, plus bas dans la rue. Ce type, que tant de mecs envient de pouvoir l'admirer d'aussi près, semble pourtant, très bizarrement, le seul à être indifférent à sa beauté.

Je paie et poursuis ma flânerie jusqu'au carrefour de la rue Caulaincourt. En passant devant le 63 bis de la rue Lamarck, j'ai immanquablement la même pensée pour Simenon qui situa l'une de ses intrigues devant cet immeuble.

Naturellement, aucune plaque ne l'indique et la borne de secours d'où la victime alerta, dans un dernier soupir, le poste de police des Grandes-Carrières a disparu depuis longtemps, ou n'a peut-être jamais existé. Je descends la rue Caulaincourt, puis regrimpe la butte par l'escalier de la rue du Mont-Cenis. Tous les visages des filles que je croise me renvoient l'image d'Isabelle. Les traces qu'ils laissent dans ma rétine s'empilent dans un fragile équilibre et ont de plus en plus de mal à s'estomper. Mains moites, nœud au ventre, envie de chier, tachycardie, c'est le cirque habituel. J'ai beau essayer de puiser dans mes ressources, pourtant riches, de leurres imaginatifs, rien à faire. Même le passe-muraille, pourtant célèbre habitant du quartier, n'arrive pas à se faire une petite place dans ce chaos. Je n'ai pas envie de lutter d'ailleurs. Mais en m'y prenant bien, je peux contrôler mon trop plein d'adrénaline, pour le distiller lentement, comme dans une perfusion. Une sorte d'orgasme au goutte à goutte. Pour en profiter pleinement, j'ai besoin de me retrouver chez moi, seul. Marre de marcher et de tous ces gens. Accélérant le pas, je redescends la butte par l'avenue Junot, en ne prêtant qu'une attention réflexe au 21 qui, n'existant pas, n'a jamais pu abriter la pension des Mimosas dans laquelle, par conséquent, aucun assassin n'a jamais pu habiter.

Vendredi 12/4/02 - 19 heures.

Depuis un moment je me suis mis en condition d'appeler Isabelle. Je m'astreins à réanimer par la pensée l'intensité de la rencontre. L'émotion est comme une flamme qui s'entretient. Il faut pour cela se remémorer les regards, les odeurs, les mouvements, les paroles qui en ont été à l'origine. Il faut travailler ces sensations comme une pâte qu'on malaxe, qui, en dehors du goût que lui donnent ses ingrédients, prend une forme qui lui est propre. Pour avoir le courage d'appeler après cette première rencontre, il faut ainsi que je me mette en condition pour pétrir le souvenir de cette émotion, l'amener au faîte de son intensité, dans le seul but de contrebalancer l'angoisse du refus, ou pire de l'indifférence.

Je suis ainsi depuis plus de deux heures sur mon lit, immobile dans la pénombre et le silence, revenant cent fois sur les premiers mots de la conversation à venir, ni trop banals ni trop élevés pour rester naturels. Quand je manque d'inspiration, je pense à son profil, à son pied nerveusement animé d'une lente rotation autour de sa cheville. Mon estomac se noue et mes mains deviennent moites.

Le plus dur est de prévoir l'autre partie du dialogue, la sienne. L'idéal serait que directement après ma première phrase, elle m'interrompt : « je n'espérais plus ton appel, tu sais » mais pour parer toute éventualité, mieux vaut envisager le cas le plus défavorable : « Excusez-moi, mais je ne vous remets pas ». Mais s'il est évident que c'est un mensonge, cela ne change pas grand-chose car ce sera à moi de rattraper la situation en terrain difficile. Je m'en sortirai une fois de plus par l'ironie, voir le cynisme. Les femmes n'ont pas la chance de connaître ces moments d'intense émotion, de préparation du premier pas. Elles manient en revanche à merveille l'art de la défense et de l'esquive. Leur arme fatale est l'indifférence, et elles s'amusent vraiment de voir leurs prétendants déstabilisés.

Bon, à présent il faut se lancer. Zéro, un, quatre, six, neuf, quatre, huit, sept, sept, huit. Première sonnerie. Deuxième sonnerie. Troisième sonnerie. Répondeur. Annonce sibylline. J'avais prévu cela aussi. Je suis presque lâchement soulagé de ne pas avoir à affronter le contact direct. Je laisse en bafouillant un message pourtant longuement préparé. Je raccroche et commence à arpenter à pas très rapides ma chambre de long en large, tout en rythmant ma marche d'injures à voix haute, libérant ainsi l'influx nerveux accumulé. Maintenant, la balle est dans son camp. Je me promets d'attendre son appel et de ne pas insister s'il ne vient pas, ligne de conduite qui m'a sans doute fait passer à côté de nombreuses occasions, mais qui a le mérite d'être systématique et de satisfaire mon amour propre. Il est dix-neuf heures, et comme souvent quand c'est possible à cette heure-là, je débranche mon téléphone - sans répondeur, car si elle rappelle et me laisse un message, la balle sera à nouveau dans mon camp - et m'endors.

Je me réveille avec la pensée qu'il me sera impossible de m'éloigner de mon téléphone ce week-end. Mon réfrigérateur est vide et je me prépare à hiberner. Cette situation ne me déplaît pas car je sais que j'ai largement de quoi occuper mon esprit. Je rebranche le téléphone. Le premier appel est de mon ami A. qui me propose une soirée chez S. Je lui réponds que je suis en week-end survie. Il me connaît et n'insiste pas. J'aime cette amitié qui n'est pas pesante. Le deuxième appel est de mon père avec lequel j'échange comme d'habitude quelques banalités sur ma situation, sa situation et la situation du monde. J'aurais aimé dire un jour à mon père qui est vraiment son fils, mais quelque chose me dit que c'est inutile, qu'il est préférable que chacun joue son rôle, lui du père et moi du fils. On ne peut réellement se confier qu'à des inconnus, comme sur un matériau neuf, avec lesquels on peut sortir de son rôle habituel. Mieux d'ailleurs qu'avec un psychanalyste qui lui s'attend au rôle du patient-qui-est-censé-aller-jusqu'au-fond-des-choses.

Le troisième appel est le bon. Je sens par habitude l'émotion derrière la voix d'Isabelle. Je laisse involontairement un blanc interminable de dix secondes après sa première phrase. C'est là que tout se joue. Les mots ne me viennent pas pour donner à notre dialogue l'intensité espérée. Je laisse aller mon regard sur quelques bribes de phrases de la revue ouverte sur mon lit. « ... assez pensé ... », « ... La température de l'air liquide ... ». Nous rompons le silence en même temps, ce qui nous fait nerveusement rire. Je choisis la facilité et j'enchaîne avec ironie. Je ne me pardonne jamais un si pauvre langage, troublé par l'émotion qui cache ainsi sa propre intensité. L'avantage est que je suis maintenant beaucoup plus à l'aise, facilité démontrant d'autant plus mon incapacité à dire des choses vraies. Je souhaite simplement qu'elle sente une petite part de ces choses-là, au-delà de mes paroles.

Samedi 13/4/02 - 21 heures 30.

Elle est arrivée avant moi mais n'est pas entrée la première. Elle est dans une cabine et fait semblant de passer un coup de fil. Conventions. La pigeonne doit tout d'abord se montrer indifférente au mâle. Je joue le jeu et m'attable nerveusement. Elle débarque après les cinq minutes syndicales et s'assoit souriante, parée de toutes ses barrières dont la règle est de les faire tomber une à une. C'est donc la deuxième fois que je la voie, la première fois de face et d'aussi près, mis à part au tabac de la gare où je n'étais pas vraiment en état. Dans le TGV, nous étions côte à côte. J'ai horreur des deuxièmes fois, elles ne sont plus spontanées mais provoquées, organisées, idéalisées. Elles sont donc par nature potentiellement décevantes. A partir de la troisième fois, on connaît déjà certains défauts, on peut anticiper, contourner, faire avec. Les premières fois sont pures car encore uniques, dénuées de stratégie. Elles sont magiques, animales, souvent intelligentes lorsqu'elles sont réellement le fruit du hasard, et non pas recherchées. Les défenses sont prises de court, nos sens en permission, les conventions sociales en sourdine. Et lorsqu'il n'y a pas de deuxième fois, la scène reste à jamais figée comme un instant poétique, hors du temps. Je l'observe pendant qu'elle me fait part de quelques banalités de son quotidien et déjà je la désire, ce qui ne va pas faciliter les choses. Sa main droite effectue un mouvement cyclique et incontrôlé entre son briquet et son verre. Sa main gauche caresse distraitement sa clavicule droite. Ses yeux, que je découvre gris verts ne me fixent pas plus que quelques secondes entre deux regards circulaires sur la salle. Ce sont ces petits détails qui nous attachent irrémédiablement. Mon double niveau de conscience me permet d'en jouir pleinement, mais déjà la préparation intellectuelle de ce que je vais lui raconter, quand forcément elle s'arrêtera de parler, parasite mon plaisir. Car, évidemment, il faut être drôle. L'inévitable convention. Il faut être drôle comme en d'autres temps il fallait être romantique ou chevaleresque. Cependant que je m'excite à la vue de ses poignées fins, de son regard brillant, des palpitations visibles de sa trachée, je lui raconte quelques scènes marrantes d'un film intello que j'ai vu il y a peu. Ce dialogue superficiel, à très faible consommation neuronale, me permet un troisième niveau de conscience qui tente de répondre à la question : que pense-t-elle de moi et surtout me désire-t-elle ? Cet hasardeux échafaudage cérébral tient bon plusieurs minutes sans trop d'interférences. J'en suis assez fier, mais j'oublie vite la fierté par manque d'espace mémoire. La prise de plaisir dans l'observation des détails de son corps a pris sa vitesse de croisière et me demande peu d'efforts. La narration du film est servie par une expression orale facile, grâce à ma sieste de l'après-midi. Reste la question de l'effet que je lui fais. Une chose est sûre : elle me détaille autant que je la détaille. J'ai même compris sa technique, d'autant plus que je l'utilise aussi. Poser à intervalles réguliers et pendant un bref instant son regard sur un détail particulier. Mes épaules, mes oreilles, mes mains, mes yeux passent ainsi à l'inspection. Pour connaître les résultats de son expertise, un seul moyen : évaluer l'expression et l'intensité de son regard. Et, malgré sa timidité naturelle, cela m'a l'air tout à fait positif, surtout après son deuxième kir. Elle a depuis un moment enchaîné sur la vie infernale que lui faisait subir son dernier copain. Thème classique encouragé par mes remarques désappointées. Mais déjà une question m'obsède : que va-t-il se passer après ? Après la brasserie ? Je ne la sens pas encore assez pour éluder la réponse.

J'ai pris une moules-frites-Guinness et elle une choucroute-Gold. J'aime les nanas qui ne sont pas timorées avec la bouffe, mais en même temps qui n'en font pas une fixation. Notre échange est devenu fade, s'embourbe dans des silences gênés. A nouveau cette envie d'être seul, de fuir. La solitude est ainsi faite qu'elle nous attire toujours dans un coin sombre pour mieux nous montrer sa face putride. Dans un grand miroir je croise de temps en temps le regard franc et mélancolique d'une femme qui s'ennuie en compagnie d'un homme qui s'ennuie aussi. Je suis ailleurs et Isabelle le sent. Elle semble ne pas m'en vouloir et cela me donne envie de ne pas la décevoir. Je m'accroche à la conversation et m'arrache in extremis à cette inertie attractive. Mais la situation est instable et l'action est le seul moyen d'éviter la rechute. Je pose ma main froide sur sa main moite, lui coupant net la route du verre au briquet, et joue lentement avec ses doigts.

Mon rythme cardiaque augmente et mon ventre se noue. C'est moi qui agis et c'est elle qui contrôle la situation. Sans la regarder en face je devine son regard tendre et calme. Mon regard se pose sur le regard d'une mère qui, trois tables plus loin, calme par ses caresses son enfant épuisé. Je suis cet enfant épuisé et Isabelle la mère de tous les enfants du monde. La pensée me vient qu'un jour pourtant je gigoterai en elle et que sa jouissance ne sera peut-être pas feinte. Mais en attendant je suis ce petit garçon qu'elle veut bien pardonner de bander pour elle. Je soulève mes trois tonnes de paupières et la regarde en face. Je savais son sourire victorieux et transcende mon amertume par un désir d'elle encore plus fort. L'enfant redevient pigeon et la testostérone réactive mes neurones calculateurs. Je sais par expérience que je ne pourrais pas la baiser correctement ce soir et je ne veux pas lui offrir cette deuxième victoire. Café. Addition. Retour silencieux dans la voiture. Premier baiser, maladroit, je ne suis pas un spécialiste. Rendez-vous dans trois jours. Séparation. Trois jours pour distiller mon plaisir et travailler mon désir au corps à corps.

Dimanche 15/4/02 - 5 heures 27.

Les chiffres rouges du radioréveil indiquent 5h27. Mes petits matins d'insomnies débutent invariablement à 5h27. Généralement, tout se joue dans le quart d'heure qui suit. Si je me rendors, le prochain réveil se situera à 6h43, ce qui n'est pas si mal. Mais pour se rendormir, il ne faut penser à rien. C'est très difficile de ne penser à rien à 5h27, un dimanche matin, après une première soirée avec Isabelle. Les scénarios de notre prochaine rencontre se succèdent au rythme d'un rêve. Une association d'idées parasites m'entraîne jusqu'au lointain souvenir de la délirante fête de mon dix-septième anniversaire. Je bande et ma position sur le ventre me fait mal. La douleur me ramène au premier niveau de mes pensées et à la bouche d'Isabelle, aux contours légèrement marqués, pas aussi lisses que dans le souvenir de notre première fois. A nouveau ma pensée s'échappe comme un génie de sa lampe, et se dissout quelques unités de temps-rêvé plus tard sur une plage de Bonifacio. A nouveau Isabelle. Pendant plusieurs dizaines de minutes réelles, ma pensée tourne autour d'Isabelle dans une trajectoire elliptique. J'aime cet état d'excitation romantique que je retrouve avec étonnement à chaque première fois, malgré la certitude d'une prochaine et inévitable lassitude. Au fil du temps, l'intensité de mes sensations prend le pas sur la durée de mes aventures. Je me rendors sur la composition mentale d'un poème incohérent et idiot :

Tous les hommes naissent et demeurent libres et égaux.
Tous les hommes meurent et dénaissent libres et égaux.
Toutes les messes donnent des mégots libres en heures.
Tous les nommés haïssent et déminent leur ego.
Tous les hommes se baissent et dégueulent des litres de porto.
Tous les os n'aiment que meurent fibres et vaisseaux.
Goût des hommes naissent de mœurs libres sans étaux.
Toutes les messes sonnent l'heure des livres et gâteaux.

Lundi 15/4/02 - 1 heure.

J'ai passé tout l'après-midi à avaler un Duras sans penser une seule fois à Isabelle. Je me suis arraché quatre fois seulement du canapé pour changer de CD : requiem de Mozart, Fauré, Bach. Je me le suis fini sur Radio-Classique parce que je n'avais plus envie de me lever. Vers la fin d'après-midi, j'ai commencé à rationner mes cigarettes car il n'était pas du tout question de sortir. Il me reste également deux paquets de petit-brun et quatre doses de café. La vie est belle jusqu'à demain matin, sous la protection du répondeur, naturellement. Je m'endors fréquemment quelques minutes sous mon livre et reprends à chaque fois au début du dernier chapitre en me réveillant. Je finis quand même le bouquin. Je sens encore sur moi la moiteur asiatique du *Barrage contre le Pacifique*, prolongée par les rêves de ma sieste en pointillé. J'essaie d'en remettre un petit coup mais ma réserve de sommeil est épuisée. Cloué éveillé sur le canapé, des tas d'idées me passent par la tête. Comme d'habitude je me dis que je devrais les écrire avant de les oublier. Comme d'habitude je me réponds que c'est complètement con, que ces pensées sont non provoquées, qu'il y a un temps pour penser et un temps pour créer, et qu'après tout je ne pète pas dans des bocaux pour conserver mes odeurs, que je ne vais pas faire comme les touristes qui voyagent simplement pour tourner le film de leur voyage. On vit. On raconte éventuellement sa vie après. Mais on ne peut pas faire les deux en même temps. Un père filme en direct la naissance de son enfant. Quel souvenir lui en restera-t-il ? Que malheureusement la lumière était trop faible et qu'on voit mal le premier pipi ? Ce con n'aura rien vécu de plus que les futurs spectateurs de son film. Je laisse donc aller mes pensées, libres et délirantes, et merde à ceux qui ne les connaîtront jamais. Merde aussi à moi qui les oublie au fur et à mesure. Mais il m'en reste toujours un petit quelque chose, au pire un mieux-être et au mieux une envie d'écrire, *a posteriori.*

*Une bulle d'oxygène
Du fond de l'inconscient
A la vitesse de la pensée
Sinueusement émerge*

*Les fissures lui sont chemin
Le déséquilibre la nourrit
Le quotidien est son ennemi
La nuit son champ de bataille*

Bonne nuit Isabelle.

Lundi 15/4/02 - 15 heures.

Quatre personnes font les singes autour d'une table. Le singe chef a trop mangé à midi et trop peu dormi la nuit dernière. Il sue et cherche ses mots. Son problème de chef est qu'il doit trouver régulièrement quelque chose de pertinent à dire. Quelque chose d'inutile, mais pertinent. Il n'écoute pas le singe sous-chef. Il le regarde et cherche l'inspiration pour lui répondre. Mais il ne trouve pas. Il a sommeil et ne se sent pas très bien. Il sue, respire doucement pour s'économiser. Il regrette d'avoir accepté le dernier digestif offert par le singe grand-chef. Mais pouvait-il faire autrement. Il fait très chaud et pense à relancer les services généraux pour qu'enfin on lui installe cette putain de climatisation. Je l'observe, mais finalement détourne mon regard pour ne pas surajouter à son calvaire. Je me console sur la mini-jupe de Géraldine. Le design *table de verre* a parfois du bon. Elle sent mon regard. Elle est gênée mais ne m'en veut pas. Géraldine est l'une des seules femmes avec lesquelles je ne suis pas timide. Je la connais bien, je suis habituée à elle et je ne la désire pas vraiment. Je la désire, mais à l'occasion. Maintenant par exemple. Un peu par réflexe. J'aime ce désir sporadique, et il me plaît également de ne pas essayer de l'assouvir. Ce qui simplifie les choses entre nous. Pas de comédie de la conquête, du pigeon qui roucoule et de la pigeonne qui sautille sur quelques mètres pour retarder encore un peu l'instant inéluctable. Géraldine fixe le singe sous-chef qui ne parle que pour elle, sans la regarder. Il est content car les mots lui viennent facilement. Il ressent ce sentiment rare de surpuissance. Il rougit un peu et en rajoute. A sa façon, il s'agit de son instant poétique. Mais il faut savoir couper net ces instants magiques. Dans ces moments-là, cela revient à accepter sa propre mort. Grand sage est celui qui y parvient. Daniel Barenboïm a raison quand il ne fait aucun rappel. Reggiani s'est ridiculisé dans un concert de trop. Et le singe sous-chef est lui aussi dans cette minute de trop où la source inévitablement se tarit et laisse place au ridicule. Aucun des trois autres personnages, le singe chef, Géraldine et moi n'avons l'intention, pour des raisons différentes, de venir à son secours. Une pensée revient inlassablement dans mes gribouillis : Isabelle est peut-être la femme de ma vie. Mais tant de travail, tant de barrières à faire tomber pour arriver jusque-là. J'aurai le temps de me lasser dix fois, d'autant plus que je me lasse très vite. Je n'aime pas combattre et je ne sais pas convaincre. L'idéal serait de lui offrir mon cerveau, avec son mode d'emploi, et me reposer, me reposer. Le singe sous-chef ne parvient pas à régler le rétroprojecteur. Le talent le ferait improviser, mais il n'a pas de talent. Faute d'éclairage, le spectacle va être interrompu. Soulagés, nous le félicitons, comme à la cent-vingtième et dernière diapositive des vacances en Grèce de mes voisins. Quoique j'avais regretté mes félicitations qui les avaient poussés à sortir les photos de Bretagne de l'année précédente. « Si on avait su, on aurait pris des diapos, c'est mieux, mais cette année on va acheter la caméra numérique» Comment peuvent-ils ne pas s'apercevoir qu'on en a si rien à foutre de leur nombril ? Géraldine rajuste sa mini-jupe et s'inquiète pour ses enfants qu'elle doit aller chercher. Le singe chef ne pense qu'au temps qui le sépare de ses chiottes dans lesquelles il va enfin pouvoir se lâcher. Le singe sous-chef est envahi de sentiments moroses dont il n'arrive pas à déterminer l'origine. Il a envie de traîner, pas même envie de faire son squash.

Lundi 15/4/02 - 19 heures 30.

Tiens, pour une fois, j'ai pas envie de mater les nanas. Serait-ce l'effet Isabelle? C'est généralement dans ces moments-là qu'on est reluqué de tous les côtés. C'est peut-être pour ça que les homos ont tant de succès avec les filles. Bon, enfin, je pense que ça ne va pas me durer longtemps. Je vais quand même essayer de tenir jusqu'au bout. C'est jouable, il ne reste plus que cinq stations. Une paire de jambes est malheureusement dans mon champ de vision. Non! Je ne la regarderai pas. La solution la plus simple serait de fermer les yeux. Et bien non! j'ai des couilles, oui ou merde. Ca bagarre ferme dans mes neurones. J'essaie de me concentrer sur Isabelle, mais ça ne marche pas. La réunion de cet après-midi ? Rien à faire. Tant pis, je vais regarder, je ne suis qu'un faible minable. J'ai une idée : je prends la décision de tourner mes yeux, mais pas tout de suite. J'imagine d'abord. Mon obsédé de cortex se satisfait de cette solution et se calme un peu. J'imagine sans reluquer, en me contentant de l'image floue et partielle de mon champ de vision. C'est bon comme quand on se branle de la main gauche (droite pour les gauchers). On arrive à ma station. Je décide en un éclair de ne pas la mater et m'éjecte du métro avant qu'il ne soit trop tard. Yahou! Bravo! Je suis très fier de moi. Mais qu'est-ce que j'entends! Des talons derrière moi! Je suis sûr que c'est elle. Vraiment pas de chance. C'est un supplice, j'abandonne. Je ralentis mon pas pour la laisser me doubler. Ouf! C'était l'horrible boulangère de ma rue, qui finalement me double.

– B'jour m'sieur !

– B'jour m'dame !

Je savais bien que j'y arriverais.

Lundi 15/4/02 - 20 heures.

Mon répondeur me vomit trois bips (appels sans messages) et Isabelle, dans le genre j'ai-des-choses-importantes-à-te-dire. Je me fous à poil, je chie, je me lave, je rapproche le cendrier du canapé, je m'en allume une et j'appelle : prêt pour l'aventure. Une heure plus tard, on était moins avancé qu'au début. Résumé : je t'avais menti, je suis avec un mec depuis trois ans. Je l'aime. Enfin, je ne sais pas si je l'aime vraiment. Lui en tout cas me vénère. Je ne sais plus où j'en suis, je suis malheureuse. On avait prévu de se marier, pourquoi je dis « avait », on A prévu de se marier. Je ne sais pas, je ne sais plus, bla-bla-bla, bla-bla-bli ...

Je raccroche et tente une synthèse : c'est plutôt bien et c'est plutôt pas bien. D'un côté, si elle me lâche tout ça, c'est qu'elle est un minimum accrochée. D'un autre côté, il va falloir se battre. Ça va finir en pleurs un coït sur deux. Au moment où j'aime bien dormir et ne penser à rien. Ou alors, je peux la lui jouer : ne t'inquiète pas, moi je ne t'aime pas, je ne détruirai pas ton couple. Au contraire, il en sortira renforcé. Crois-moi, si tu as envie de moi, ne te l'interdis pas. Tu le regretterais, et les regrets sont bien pires que les remords. Au niveau mauvaise conscience, ça se vaut, à part que pour l'un on a au moins croqué la pomme.

Finalement, ça serait pas mal comme situation. Pour moi, j'entends. Le problème, c'est qu'elle n'a pas l'air d'avoir d'expérience pour gérer ce genre de situation avec sérénité. L'autre problème, c'est que j'ai bien l'impression que je vais en pincer un peu trop pour elle. Enfin, pour l'instant, sachons rester pragmatique : c'est bien sympa comme histoire, mais je ne l'ai pas encore tirée. Ça c'est un objectif simple, avec un délai déterminé : notre rendez-vous pour demain soir est en effet maintenu. En attendant, ce soir, un ciné pour faire le vide.

Lundi 15/4/02 - 22 heures 15.

La vie coule comme une goutte de sperme sur une cuisse. D'abord très lentement. Puis elle se liquéfie. Alors après, ça va beaucoup plus vite. Quand je commence à avoir ce genre de pensées au cinéma, et qu'en plus je suis mal à l'aise sur mon siège, cela veut généralement dire que le film ne me branche pas vraiment. Ou alors que le siège est sacrément déglingué. Ça me rappelle une pièce chiante que j'avais vue (« Théo et Vincent Van Gogh ») dans un théâtre du style : c'est là qu'il faut aller quand on est ni touriste ni snob ni envoyé par son comité d'entreprise. J'avais eu la puce à l'oreille quand j'avais vu certains habitués y entrer avec leur petit coussin, suprême raffinement qui donne à son possesseur l'air con de celui qui sait. Au bout d'une demi-heure, je sentais mon coccyx dans mon larynx. J'ai essayé de bouger mes fesses de cinq centimètres sur les dix possibles. La chaussure de ma voisine de derrière s'est plantée dans mon rein gauche. A partir de ce moment, la problématique de cette sublime œuvre est devenue : comment tenir jusqu'au bout ? Vous me direz : pourquoi tenir et ne pas s'en aller ? Parce qu'une mignonne intello m'avait traîné là et que je ne voulais pas louper mon coup. Le seul passage qui, comme de la morphine a momentanément apaisé ma douleur est lorsque l'un des deux acteurs, petit budget oblige, a retenu plus d'une minute sa respiration pour simuler la colère. Impressionnant. Des dizaines de veines violacées hyper gonflées striaient son cou cramoisi. Le pauvre type risquait sa vie tous les soirs pour calmer la douleur au cul d'une trentaine de spectateurs.

Le film est fini, lumière dans la salle. Les gens quittent la salle émus comme à la sortie du cimetière. Dans deux jours j'aurai oublié l'histoire, dans trois le titre et dans un mois le cul de l'actrice. Et une fois de plus j'aurai l'air con quand Géraldine me demandera : t'as vu quoi ces derniers temps ? Vive la culture !

Mardi 16/4/02 - 9 heures 30.

Géraldine justement me saute dessus à mon arrivée, le lendemain : « on t'invite samedi soir. Ma cousine Florence sera là. Elle a trouvé un job à Paris. Tu la connais, tu l'as vu à notre mariage. Tu seras libre ? ».

J'ai conscience d'une réponse à multiples implications mais vu qu'il est tôt et que je n'ai qu'un café dans les jambes, je réponds « ok » pour faire court. J'ajoute dans ma tête : « je la baise si tu regardes ». Comme je n'ose pas le lui dire vraiment, je m'assois comme d'habitude en face d'elle et évalue mes chances, toujours par habitude, d'entrevoir son slip dans la journée, en fonction de la longueur de sa jupe. Aujourd'hui c'est sa jupe rouge, donc sept chances sur dix. Ça me réveille un peu et je décide de conforter cet avantage par un café bien placé. Au retour du distributeur :

– Qu'est-ce qu'elle a trouvé comme job, Florence ?

– Secrétariat informatique. Justement, elle voulait te demander si tu avais du temps libre pour la former. Elle flippe parce qu'elle a beaucoup menti sur son CV.

Si avec tout ça j'arrive pas à la baiser, je suis vraiment nul. Enfin, avec moi, rien n'est jamais gagné. Je réponds :

– Pourquoi pas ?

Sourire de Géraldine. Je rougis. Je me remémore Florence, mariage de Géraldine et Luc. La super-nana de la soirée. Généralement, il n'y en a qu'une par mariage. J'étais en face d'elle (Géraldine m'aime bien). Finalement, elle a passé la nuit avec son voisin de droite. Il était très spirituel. A tel point que je l'aurais étranglé d'ailleurs. Moi, à plus de quatre personnes, avec un dragueur dans le lot, je n'ai plus aucune chance. Là, toute une journée de formation en tête à tête, pour peu qu'elle ait envie de moi et me saute dessus, j'ai mes chances. Florence, Isabelle, Florence, Isabelle. Les deux noms me trottent dans la tête toute la matinée. Géraldine aussi d'ailleurs. Au fait, j'ai déjà entrevu deux fois son slip, dont une fois où elle s'en est aperçue. Ce jeu dure depuis deux ans entre nous. La première fois, j'en ai tremblé de honte, honte du voyeur pris sur le fait. Maintenant je ne tremble plus, mais ça m'excite toujours autant. Isabelle, Florence, Isabelle, Florence, Géraldine, ..., Nietzsche. Mes pensées dérivent sur Nietzsche et son surhomme. Je vis mon instant poétique. Je suis aussi con que le singe sous-chef hier. A part que moi, personne ne s'en rend compte.

Mardi 16/4/02 - 18 heures.

Avant de rentrer chez moi, je passe à la librairie. Je me force à bien prendre conscience, à bien distiller les trois heures qui me séparent de mon rendez-vous avec Isabelle. Mes gestes sont volontairement lents, préparés, réfléchis. Je parcours sans précipitation le rayon philosophie, alors que mon estomac se noue toujours un peu plus à l'évocation régulière du temps qui passe et me rapproche de son regard, diffusant en moi de douces vagues de frissons.

Mon *contre-moi* cynique remplit les intervalles, découragé par la vue globale et matérielle de la pensée philosophique: à peu près vingt mètres de rayon, sur cinq niveaux, soit environ cent mètres linéaires. Si on compte un centimètre pour cent pages, cela fait un million de pages. Si on lit à la vitesse (rapide) de deux minutes par page, cela fait trente-trois mille heures de lecture. En lisant trois heures par jour en moyenne, il faudrait trente ans. Ce sont des pensées à vous clouer pour la soirée devant un sitcom.

Soirée, ce soir, Isabelle. Frissons. Il est 18h30. Encore deux heures et demie. Encore largement une heure de flânerie. Il me restera ensuite une heure pour me vider et me récurer, et une demi-heure de trajet.

La juxtaposition de mon état d'excitation intérieur et du calme que je m'impose devant cette somme de connaissance engendre des associations de pensées chaotiques, tourbillon d'où émergent quelques idées pour aussitôt disparaître, sans laisser de traces durables. Je sais pertinemment que ces pensées sont éphémères, je le regrette un peu, mais me console en me disant qu'on ne peut à la fois penser et s'écouter penser, vivre et se regarder vivre, que les philosophes sont des professionnels de la pensée et qu'il doit être difficile pour eux d'avoir des pensées de premier niveau, sans méta-pensées parasites.

Isabelle, ses mains qui allaient du verre au briquet, du cendrier au verre. Florence, entrant sans un regard pour moi dans la voiture de son connard de voisin de mariage. Elle avait dit au revoir à tout le monde, sauf à moi. Sauf à moi. Cela me revient maintenant et j'interprète cela comme un signe. Signe de quoi ? De gêne, d'intérêt ? D'intérêt, oui, j'en suis sûr maintenant, devant cette première de couverture de Michel Foucault : histoire de la sexualité. Géraldine aussi, Géraldine et son inconscient désir de moi. Rien ne sera jamais consommé avec Géraldine. C'est une certitude. Mais Florence sera notre assouvissement. Là, je suis peut-être vraiment en plein délire. Ou peut-être n'ai-je jamais été aussi clairvoyant ?

Le tourbillon de mes pensées s'accélère : comme un génie né du chaos, ma vérité y prend forme. Mais elle est si instable qu'elle disparaît à la première odeur de femme qui passe à moins de dix mètres. Je me retourne. Elle est moche. Je paie mon Levinas et me tire de là.

Je marche sur les quais avec l'impression d'être invisible. Mes pas sont rapides et très réguliers afin que le rythme déclenche l'oubli de soi, comme dans une transe Vaudou. Mon corps comme un pendule n'a plus besoin d'être guidé. Progressivement, je n'ai plus conscience de ma matérialité, mise à part ma main gauche qui, gênée par le livre qu'elle tient, n'est pas en phase avec le tempo de la marche. Ma conscience de soi est réduite à la crispation de ces cinq doigts, seul élément qui contrarie la réussite de cette mini-transe. Tout mon être semble rejeter ce livre, comme un corps étranger qu'il faut extraire ou vomir. Là où d'autres pourraient délirer et augmenter le rythme jusqu'à l'extraction du Mal, je m'arrête et m'assois sur un banc, stoppant net la spirale de l'auto-persuasion. Je suis calme, détendu. Je me suis promené sur le rivage de la folie, comme au bord de la Seine. Je m'y penche souvent mais je sens comme une certitude que je n'y plongerai jamais. Je retrouve avec bonheur mon chaos mental, perméable et déphasé, protégé ainsi de toute spirale obsessionnelle. L'équilibre est un rongeur qui se nourrit de merde, qu'on ne peut domestiquer sans danger de le voir dépérir et qui dans son parcours chaotique ne néglige pas, bien au contraire, les bordures de son champ.

Je pratique de plus en plus souvent, intentionnellement ou pas, ces petits exercices de folie appliquée. C'est un vaccin qui vaut bien des heures de psychanalyses ou de footing. Ce soir, cela s'imposait. Encore deux heures, et ensuite, Isabelle.

Mardi 16/4/02 - 19 heures.

Immobile dans mon bain, j'écoute mes voisins. La transmission des ondes par l'eau et la plomberie fait que je suis là, invisible dans un monde aux sonorités déformées. Ils ont une occupation que je n'aurai jamais : ils baignent leur chien, qui résiste. Le chien est comme à mes côtés, se débat. Ils sont au-dessus de nous et nous maintiennent dans l'eau comme des enfants qu'on baptise. Le chien se débat, il hurle, je me débats, immobile et silencieux. Ils veulent nous purifier et nous résistons. Les purificateurs rient, prolongent leur supplice. Je vois leurs visages rougis par l'excitation et la position penchée. Finalement le chien sort et se secoue, mais je ne l'entends pas. Ils sortent et je reste immobile. Je suis un crocodile, qui entend l'animal égaré nager au loin, qui l'entend comme s'il était dans ses oreilles, dans son cerveau, comme s'il le rêvait. Magie de l'eau. Je suis un fœtus, qui sent plus qu'il n'entend sa mère parler, comme si c'était lui-même. Magie du liquide, qui nous soude au monde des sons, qui efface notre corps et fait du monde notre création perpétuelle. L'eau est une machine à transformer le réel en rêve, le bateau qui passe au loin comme le voisin qui baigne son chien. Tous ces sons ne sont pas reçus mais émis, et avec eux le monde que nous imaginons. A force d'imaginer, je recrée l'image sonore d'Isabelle. Elle est d'abord confuse et lancinante, prenant appui sur les vibrations lointaines d'une perceuse. Puis elle est rafraîchie par une chasse d'eau, sans doute à moins de deux étages. Quelques bruits épars de casseroles décomposent cette image en sensations carillonnantes. Enfin l'agression concertée des jingles des journaux télévisés, malheureusement reconnaissables même déformés, me ramènent doublement à la réalité : symboles du monde réel, ils me rappellent également qu'il est huit heures. J'émerge. Mon estomac se noue en reprenant contact avec l'air.

Mardi 16/4/02 - 20 heures 45.

Je choisis d'avoir un quart d'heure d'avance pour me donner le plaisir de l'observer me chercher. Cent mètres séparent la bouche de métro de la brasserie où nous avons rendez-vous. Entre les deux il y a la foule, la rue, les voitures. Ma vision de l'endroit où elle doit apparaître se fait comme en pointillé. Mais à force de concentration je ne vois plus que ces marches. Les obstacles s'effacent comme un grillage à travers lequel on regarde au loin. Mon cortex fait naturellement abstraction du parasitage. Mais en même temps ce trafic est mon complice, car je sais qu'elle ne me verra ainsi qu'au dernier moment, qu'elle n'aura pas le temps d'intégrer et d'étouffer le bruit qui nous sépare. Voir sans être vu est dans ces moments un de mes indispensables plaisirs. Elle tarde et les yeux me brûlent, évoquant en moi le supplice de la main sur la flamme, puis par association *l'invitation au supplice* de Nabokov. Le héros Cincinnatus, dans sa geôle délirante, désespérant de connaître la date de son exécution, chaque jour cyniquement repoussée. Cincinnatus qui s'extrait par une galerie de la forteresse, pour être ramené directement derrière ses murs par celle que le lecteur espérait être sa fée libératrice. Absurdité du monde, absurdité de mes pensées, délivrées par l'immobilité de mon corps et de mon regard, et qui d'un bond s'engouffrent dans le *terrier* de Kafka. La majeure partie de mes délires associatifs prend racine dans mes lectures, récentes ou anciennes. L'horloge de la place Danton est dans mon champ de vision et un bon paquet de minutes s'est écoulé depuis la dernière fois que j'en ai eu conscience. Je décompte depuis cinquante car je sais qu'elle va apparaître, verticalement dans un décor écrasé par la distance. Elle va apparaître, car mon décompte ne peut que la faire apparaître.

A aucun moment je n'ai douté qu'elle apparaisse. La concentration de mes forces nerveuses est telle qu'à ce moment précis j'ai l'impression de pouvoir déplacer des objets ou provoquer des situations par la pensée, d'halluciner volontairement. Elle me devance en apparaissant vraiment, à tel point que je suis pris au dépourvu. Le désir de l'apparition avait pris le pas sur le désir de la présence. D'autant qu'elle me voit immédiatement et me le fait savoir par un regard que moi seul peut intercepter, avec mon ventre plus qu'avec mes yeux. Elle s'approche et je lis progressivement dans l'intensité de son regard, dans l'apaisement de ses traits, que sa décision est prise et que maintenant rien ne pourra l'arrêter : je serai à elle et rien ne pourra l'empêcher. Elle fera tomber mes barrières les plus résistantes d'un simple geste, comme dans un alignement de morceaux de sucres. Toute la construction mentale qui m'a tant fait la désirer, imaginant sans les formaliser toutes les stratégies animales de la conquête, se déstructure et implose sous l'effet de la masse infinie de sa volonté. Il en reste un grand vide, une grande peur. Et de la mélancolie, encore de la mélancolie, devant l'impossible nécessité de composer une vraie histoire, que mon imaginaire tentera en vain de rattraper, ou tout au moins de suivre à distance, à force de compromis. A ce moment, malgré la douceur de son baiser et de sa main sur ma nuque, l'idée même de la vie réelle m'est insupportable.

Elle me dit :

– je lui ai tout dit. Et je l'ai plaqué.

– Tu lui as dit quoi puisqu'il n'y a rien.

– Pour moi, il n'y a pas rien, il y a toi.

– Mais moi, je ne suis rien pour toi.

– Tu n'es pas tout, mais tu n'es pas rien non plus.

– Tu as conscience de la gravité de ta décision ? Tu as plaqué ton quasi mari pour un quasi inconnu.

– Tu dis ça parce qu'on a pas baisé.

– Non, non ! Mais je ne sais pas. Tu ne sais même pas où j'habite par exemple.

– Tu oublies une chose, c'est que je suis une femme et que tu es un homme.

– Et alors ?

– Et alors les femmes ne sont pas minables dans ces situations. Mais rassure-toi, ma décision ne t'engage à rien. Tu as été mon révélateur, et maintenant je me sens libre !

– Et qu'est-ce qu'on va faire, maintenant ?

– On va commencer par faire l'amour. Tu m'excites tout plein avec ton air stressé.

– Isabelle, tu ne me connais pas...

– Fais-moi plaisir, Fabien ! Arrête de réfléchir, ne me fais plus attendre.

Cependant que mécaniquement j'appelle le serveur et règle ma consommation, les propos lancinants du Siddhârta de Hermann Hesse rythment ma conscience : je sais réfléchir, je sais attendre, je sais jeûner, je sais réfléchir, je sais attendre, je sais jeûner, je sais ...

Mardi 16/4/02 - 22 heures.

Je la suis dans l'escalier, mélancolique de la mélancolie de tous les hommes. Nous sommes dans mon univers, et pourtant c'est moi qui suis l'étranger. Je suis le client qui suit son fantasme, la peur au ventre. La réalité est blafarde quand elle se met dans la peau du rêve. En rêve, la scène était sublime, magique. Elle est maintenant indécente, dans la vraie lumière, dans la lumière crue de la vraie vie. Mon regard se fixe sur les sparadraps anti-douleurs qu'elle porte aux talons. Je ne pense qu'à fuir et pourtant mes pas se succèdent dans un sinistre cliquetis. Elle, est calme, déterminée. Elle devine mon désarroi, et n'en a que plus conscience de sa supériorité. Je lui ouvre ma porte et elle se superpose à mon quotidien. Son ombre se porte sur mes affiches, se déforme sur le chaos de mes objets, l'onde de sa voix résonne sur mes murs. Cette superposition me glace. Tout me paraît pour la première fois insupportablement vulgaire autour d'elle. Elle observe tout mais ne voit rien. Les cartes sont retournées et ma réalité est devenue son rêve. Elle me prend la main et m'assoit sur le fauteuil de mes plus grands ennuis. Ce fauteuil où je peux passer deux heures à faire le vide, sans un seul geste. Elle s'assoit sur le bras, me sourit, me caresse, m'embrasse. Elle sent toujours ma gêne malgré mes gestes précis, mais elle sent aussi que je me réchauffe, degré par degré. Elle me domestique patiemment. Je redeviens doucement l'enfant qui ne vit que d'instincts, et tâtonne les yeux fermés pour trouver le sein de sa mère. Mes pensées s'embrouillent et se dilatent. Je ne suis presque plus que toucher et succion. Elle part un peu aussi, mais reste maître de la situation. Elle joue avec ses sensations. Avant d'aller trop loin, elle décide d'une pause. Elle me dit qu'elle a faim, la voix mal assurée. Je suis heureux de son regard qui brille et de ses mains qui tremblent. Une fois de plus l'impossible semble s'être produit où l'angoisse fondamentale de deux êtres laisse momentanément la place à l'instinct et au désir.

Nous mangeons sans conventions une pizza réchauffée au micro-ondes. Notre attitude n'a plus rien à voir avec celle de notre première rencontre au restaurant. Le désir, le désir concret s'est substitué à l'émotion. Nous sommes deux animaux qui se nourrissons avant l'accomplissement. Nous nous fixons pendant de longs moments. Nos regards sont purs, sans arrières pensées ni coquetterie. Nous nous sommes oubliés. Nous avons enterré notre moi, et nos corps libérés expriment leur vérité. Je sais que plus tard, après, rattrapés par notre chaos, nous aurons une image déformée de cet instant, comme le souvenir d'une intimité fondamentale que jamais nous ne pourrons revivre. Car dès la deuxième fois nous comparerons et forcément nous serons déçus. Nous serons déçus parce que nous comparerons. Aujourd'hui ne sera pas notre meilleure baise, car il faudra que nos corps se découvrent et s'apprennent, mécaniquement se rôdent. Mais toujours plus de jouissance, toujours plus égoïste, ne dissipera jamais le souvenir, la vérité blanche de cette intimité-là. Dans une heure environ commencera le temps des compromissions, mais pour l'instant tout est poésie, jusqu'aux traces de tomates sur sa bouche, jusqu'aux perles de sueur entre ses yeux et la naissance de son nez, légèrement rougi par deux verres de Côtes du Rhône.

Mercredi 17/4/02 - 0 heure 30.

Je ne peux pas bander. Je ne peux pas bander parce que je veux trop bien bander. Je ne peux pas bander parce que, voulant trop bien faire, j'ai une conscience trop aiguë de mon sexe. Je pense trop à mon sexe, à sa consistance, or mon sexe ne m'a jamais fait bander. Donc, je ne bande pas. Pour bien faire, il faudrait que je l'oublie. C'est impossible car c'est trop tard. A cela s'ajoute la culpabilité, ce qui dans mon cas est pire que tout. Je me fais à l'idée que ce soir je ne la baiserai pas, d'autant plus facilement que je m'attendais à cette impuissance. Isabelle aussi se fait à cette idée, non sans une certaine satisfaction. Pour elle, mon impuissance a pour cause mon émotion, mon attachement à elle. Mais je lis dans ses pensées que je n'aurai droit qu'à ce seul joker. Isabelle l'accepte parce que la première fois la jouissance physique, égoïste, ne compte pas. Au fil du temps, l'assouvissement deviendra l'essentiel. Alors son regard, si maternel aujourd'hui, deviendra froid, froid de désir inassouvi, froid et méprisant.

Mercredi 17/4/02 - 5 heures.

Nos corps sont irrités par tant de frottements, tant d'interminables caresses, qui chargent notre peau d'une électricité emprisonnée. Nous sommes épuisés mais nous n'abandonnons pas ce combat perdu d'avance. Jusqu'au bout de la nuit nous nous cherchons. Le ridicule s'ajoute à mon humiliation quand, profitant d'une bandaison molle, je tente d'enfiler un préservatif. Sur une bite bien dressée, comme elle apparaît sur la notice d'utilisation ou sur les dépliants de la lutte contre le sida, ce geste est plein d'érotisme, sorte de suspension prometteuse avant l'assaut final. Le latex se déroule avec facilité. On le constate parfois un peu court, non sans une certaine fierté. En revanche, sur une bite molle, non seulement la capote devient impossible à dérouler mais de plus, la simple vue de ce spectacle désolant accélère encore la détumescence.

Je suis assis au bord du lit, dos à Isabelle qui ne me voit pas m'escrimer. Que faire pour disparaître sachant que la téléportation n'est pas encore très au point ? Le plus simple serait naturellement de laisser tomber, de me rallonger et de déclarer, vaincu mais avec le sourire : « Non ! Décidément je n'y arrive pas. Tu me troubles trop et je crois que je vais arrêter d'insister inutilement. » Nous nous endormirions alors, enlacés et heureux de pouvoir enfin nous reposer. J'étais presque prêt à surmonter ma honte et agir ainsi. Mais soudainement, je sens le sperme monter, l'éjaculation arriver, triste et irrésistible. Sans doute le stress et la tension qui affolent et désorientent mes hormones. Il faut agir vite. Les toilettes sont à dix pas et je m'y précipite le plus lentement possible, bafouillant quelque chose d'incompréhensible. Isabelle ne voit toujours que mon dos et je la bénis de ne pas me poser de questions. A mi-chemin, j'éjacule sans ralentir dans la capote à peine enfilée que je maintiens maladroitement. Pas de tâche visible sur la moquette, le pire est évité. Je finis de me vider dans la cuvette. Le front appuyé contre le mur, je reprends doucement mes esprits, jusqu'à retrouver le courage d'affronter le regard d'Isabelle. Les premières lueurs du jour découvrent nos visages blêmes, nos yeux gonflés, cernés.

« – Isabelle, il faut que je te dise quelque chose. Tu me troubles trop, je n'y arriverai pas ce soir. Je crois que je vais arrêter d'insister inutilement. »

Elle me répond d'un sourire et se blottit contre moi. Nous nous écroulons enfin, baignant dans une odeur mêlée de sueur et de sexe. Je veux dormir, dormir, être seul, loin, très loin de tout, très loin d'Isabelle, et dormir cent ans.

Mercredi 17/4/02 - 10 heures.

Le matin nous baisons longuement et, encouragés par notre fatigue, nous nous promettons le monde avant de nous séparer. Je reste seul, heureux de ne penser à rien d'autre que quelques futilités, immobile, le corps glacé par si peu de sommeil. Le répondeur clignote en sourdine, gavés des messages inquiets de Géraldine. Merveilleux instrument que ce répondeur, qui retient le monde réel par une simple et légère pression du doigt. L'image d'un barrage enrichi d'un amas de serpillières me passe par l'esprit. Mon réveil est à quelques centimètres de ma tête et je n'ai même pas à me forcer pour m'empêcher de le regarder. A nouveau le barrage, puis Géraldine, puis sa cousine Florence. Nous sommes mercredi, à trois jours de la voir. Pure excitation, ventre noué et envie de chier. Mais il m'est impossible de bouger, alors je me concentre sur la douceur d'Isabelle. Mais le fantasme finit toujours par l'emporter : il faut dire qu'il s'agit de Florence et Géraldine en même temps. Désolé Isabelle, je suis pourri mais je n'aime que toi. Je me lève et me traîne aux toilettes. Pendant une demi-heure, mes coudes sur mes cuisses et mes yeux dans les paumes de mes mains, je continue de somnoler. Que fait Isabelle maintenant ? Dort-elle ? Travaille-t-elle ? Quel est son monde réel ? J'ai tout à découvrir d'elle. Ce frère, par exemple, auquel j'ai volé ces mots qui lui étaient adressés. Il se passera beaucoup de temps avant que j'ose l'évoquer ou qu'elle ait envie de m'en parler. Tous ces dévoilements, tous ces mots à former seront pour quelques mois du temps gagné sur l'inévitable ennui, là, au bout de la découverte. Il me semble l'aimer si j'y pense bien, ainsi, la tête dans mes mains en train de chier. Mais l'amour, c'est très vague pour moi. Un mot à la con qui cache frustrations et auto-persuasion. Il faut être très con ou très pur pour être amoureux aveuglément. Disons alors que j'ai envie d'être avec elle, à côté d'elle, même sans penser à la baiser. Surtout quand je suis seul, comme maintenant, dans mes chiottes bouclées pour personne. Ce n'est peut-être pas Isabelle que j'aime, mais la solitude que je n'aime plus. Sûrement même, mais c'est déjà pas mal : c'est quand même la première personne que j'aime plus que ma solitude. Et pour moi c'est très fort. Conclusion, je suis bien accroché. Je relève la tête et rouvre les yeux. Des grandes tâches noires y dérivent doucement. Je les referme vite, et longtemps la lumière de l'ampoule reste imprimée quelque part dans mon cerveau. J'attends volontairement qu'elle se réduise en un minuscule point qui finit par s'effacer complètement. Je me lève, m'essuie et me dirige au radar vers la salle de bains. La journée commence vraiment au ralenti. Au passage, les chiffres rouges du réveil réussissent enfin à m'informer qu'il est 11h45. Le téléphone sonne une nouvelle fois, mais il n'y a plus de place sur la bande enregistreuse. Géraldine doit être furax. Cette journée commence vraiment lentement, très lentement, comme je les aime.

Mercredi 17/4/02. 14 heures.

J'arrive au bureau un quart d'heure avant la réunion client. Géraldine souffle en me voyant. Elle a le même regard-poule que ma mère quand je vais la voir un week-end après un mois de silence radio. Ça m'emmerde toujours les gens qui m'attendent, qui m'espèrent. Je lui offre un café, elle me fait la gueule. Je ne meuble pas la conversation, je l'observe. Les bouderies me font toujours marrer. Les boudeurs sont possessifs. Quand on est sensible à la culpabilisation comme je ne le suis plus, ils excitent votre mauvaise conscience par leur inertie. Il faut toujours garder une distance affective avec un boudeur, ou alors le tourner en dérision. Ils le méritent bien.

– Le singe m'a demandé où tu étais, je lui ai dit que tu avais un rencard.

J'entends : je te protège mais tu me dois des explications. Ça m'apprendra à jouer au pauvre toutou fragile avec Géraldine. Je ne réponds rien. Je me demande si elle va insister.

– Tu es toujours libre samedi soir ? Avec Luc, on avait pensé faire une fête finalement. Ça sera l'occasion de te mettre d'accord avec Florence.

Là, c'est beaucoup plus directe, du style : avec la tête de décavé que tu te paies, tu as dû baiser toute la nuit. Sa malchance, c'est qu'aujourd'hui rien ne pourra altérer mon humeur. D'ailleurs, je n'ai pas d'humeur, juste une vague conscience des évènements qui se déroulent. C'est la grâce de l'état de semi-conscience. Tout est lissé, les paroles s'effacent au fur et à mesure qu'elles sont prononcées. Rien ne s'accroche, pas de rancœur, les mots restent de simples mots. Pas la simple ébauche d'une stratégie de réponse. C'est reposant, et c'est grâce au manque de sommeil. Ce sont les seuls moments où je suis capable de garder le silence sans forcément me triturer la nuque ou allumer une clope. J'allume quand même une clope et je la rassure :

– Pas de problème, ça marche toujours !

A ses yeux, je vois qu'elle prend le *toujours* comme un aveu. En principe, je lui raconte ou lui fais comprendre en déconnant. Là, rien. Elle rougit de curiosité. La curiosité, c'est un ersatz de jalousie. Elle n'est pas jalouse de moi, elle est simplement jalouse de ce quelque chose d'important qui semble s'être passé dans ma vie, alors qu'elle, rien. Rien hier soir : gym, devoir des enfants, téloche. Quand je lui raconte, quand on est complice, elle a l'impression d'y avoir un peu participé. Je continue à jouer avec elle, avec mon peu de mots. Je crois que j'aime Géraldine. Comme le mot « aimer » m'est toujours aussi vague, il n'a rien de sacré pour moi, donc je l'emploie dans différents sens pour différentes personnes. N'allez pas comprendre en cela que j'aime tout le monde. Au contraire, je n'aime que peu de gens, ou plutôt je ne les aime que très provisoirement, presque toujours avant de les connaître. Une fille dans un train, un vieux qui se traîne, un enfant qui dort. Je les aime avec mon imagination. Quand je les connais, c'est déjà trop tard, tout se dégrade. Géraldine a résisté à cette hécatombe. Je l'aime comme un adolescent. Touche-pipi en cachette, planqués au fond d'une cabane. Elle est tout ce que je ne suis pas. Mais elle sait que, comme moi, elle joue un rôle. On n'a pas choisi le même, c'est tout. Elle sait que je sais, et je sais qu'elle sait. Alors, nos rôles, entre nous, on ne les joue pas sérieusement, seulement pour s'entraîner. Son tennis, ses mini-jupes, mon angoisse existentielle, mon cynisme, tout ça c'est du pareil au même. Du coup, pas d'embrouilles entre nous. Puisque j'aime être avec elle, donc je l'aime. CQFD.

Tout cela m'a bien pris deux à trois minutes de réflexion. Elle regarde à nouveau ses pieds, genre veillée de mort, en touillant son café.

– Je t'aime, Géraldine.

Naturellement, elle croit que c'est une connerie, mais se demande quand même un tout petit peu ce que vient faire là cette vanne sans raison. Elle me lâche quand même un « pauv'con » instinctif avant de trouver mieux. Et d'ailleurs, c'est trop tard. Les clients tête-de-nœud débarquent à l'accueil, en triplette.

Mercredi 17/4/02. 15 heures 30.

J'ai pas bouffé et j'ai mal à la tronche. Déjà une heure de démo, j'ai du mal à fixer leurs regards. Ils n'ont pas l'air de trouver génial tout ce que je leur présente, mais c'est plutôt bon signe. Ça prouve qu'ils ont déjà décidé de dépenser leur pognon et ont l'angoisse de ceux qui ont peur de faire une connerie. Sauf un que je sens plus intelligent et qui en a autant rien à foutre de tout ça que moi. J'aimerais lui dire qu'on est du même bord, mais ça ne fait pas partie de la règle du jeu. Je suis là pour déballer ma salade et lui pour l'écouter. Ma relative efficacité vient de ce détachement. Je sens que c'est dans la poche et je ne suis pas mécontent de la légère admiration de Géraldine. Je la laisse prendre le relais. Ils se réveillent un peu pour mater ses formes à la lumière du vidéoprojecteur. Je peux reprendre le cours de mes pensées. En une seconde, je suis très loin d'ici. Seule ma névralgie lancinante m'empêche de complètement décoller. Boum, boum ... de l'œil gauche jusqu'à mon avant-bras. Je réduis à l'essentiel ma respiration pour l'amadouer. Je m'économise. Tous mes sens tournent au ralenti. Les questions bêtes du chiant obsessionnel me parviennent très assourdies. Géraldine se bat pied à pied sur les modalités commerciales. Le Grand Singe serait fière d'elle. Elle cherche mon regard de temps en temps, mais est aveuglée par le projecteur. J'ai vraiment trop mal, à dix je quitte la pièce. Un.. deux.. trois.. quatre.. cinq.. six.. sept.. huit.. neuf ... Non, j'ai pas envie de la laisser seule avec ces trois cons. J'interviens sèchement. Ils sont un peu surpris mais se laissent prendre au piège. Géraldine pâlit, mais je sens qu'on est près de conclure. Je me lève, j'ai trop mal, j'ai besoin d'un support. Je m'accroche à la table. Boum, boum, boum.. Je suis à deux doigts de les envoyer se faire foutre. Qu'est-ce qui fait qu'on finit toujours par se maîtriser ? Ils me sentent faible et sont tentés d'enfoncer le clou. Un instinct inexpliqué les retient, comme s'ils avaient affaire à un fou. Leur inconscient sent un danger que leur conscient ne comprend pas. Extérieurement, tout cela semblerait pourtant très banal. Des vendeurs et des acheteurs discutent autour d'un contrat. Tout cela serait si banal sans ce foutu mal de tête. Deux pensées parasites émergent, un peu plus intenses à chaque pulsation : ma mini transe d'avant hier au bord de la seine et puis les quelques mots lus sur le bloc note d'Isabelle, dans le train : *Mon frère... Tu nous explodes à la figure. Tu romps notre comportement égoïste ... J'ai construit ma vie hors de la ... Je n'ai pas cherché à m'imposer, ma voix intérieure était trop faible. Mes cris retenus, refoulés, ont inscrit en moi une détermination sans bornes ...* A cet instant, sous l'effet combiné de mon mal de tronche, de ma lassitude devant ces trois cons, de mon nœud au ventre à la pensée d'Isabelle, de sa tristesse d'alors, penchée sur sa lettre, ma sensibilité est à fleur de peau. J'ai la sensation que mon cerveau devient poreux, laissant Isabelle, comme un fluide apaisant, s'immiscer et enfin se fixer à mon chaos interne. La tempête se calme et me permet de redescendre à un niveau inférieur de conscience, siège de la communication sociale.

Géraldine annote une fois de plus le document. Ça signe, ça résigne, ça gribouille. On convient de remettre tout ça au propre, dans l'ordre. L'ordre, le propre, nous y revoilà. C'est facile quand il ne s'agit pas de soi. *Je vais mettre de l'ordre dans mes affaires* : on se console comme on peut. Vous avez déjà vu la photo de neurones au microscope. Bordel complet, un amas de ronces inextricables. Et en plus chacun son bordel, pas deux pareils. Comment voulez-vous que le cerveau soit ordonné. Un mouvement est possible peut-être, comme les arbres de la forêt qui poussent toujours plus haut pour se faire une petite place au soleil, ou comme les fourmis qui réorganisent leur colonne après un coup de pied ou un coup de vent. Mais ce sont des organismes simples, à but simple. Tandis que nous, avec notre putain de cortex surdéveloppé. Ah, on peut en être fier de notre cortex, vous savez, celui qui nous consume d'angoisse avec des idées simples, du style : un jour je ne serai plus, les autres seront et je ne serai plus. Géraldine nous propose un café, soulagée d'en avoir enfin fini. Ça, c'est un jeu simple : le fric, tu vends, j'achète. Quelle belle invention pour s'oublier quelques heures pendant la journée. Pour moi, malheureusement, ça n'a jamais marché. Impossible de m'oublier. Je suis indissociable de moi. L'avantage, c'est que j'ai un petit peu d'avance sur les autres et que je commence, à force d'entraînement, à accepter qu'un jour des vers me boufferont le foie. Et le sexe, et le sexe, alouette, alouette ... Sauf ceux qui croient en l'au-delà, au Saint-Esprit et tout le tralala ... Ceux-là, bravo, sincèrement. On ne joue pas dans la même catégorie. Ils ont leur connerie comme bouclier atomique. Mais ils ont intérêt à y croire jusqu'au bout, sinon je les plains. Le doute est fatal. D'ailleurs, à l'approche de la mort, ils multiplient les prières, c'est louche. Comme s'ils avaient besoin de se forcer à y croire un peu plus. Le seul avantage de la vieillesse, c'est qu'on devient sénile. Ça aide. On dirait même que c'est fait exprès. Malgré tout je les admire, les vieux. Si proche et arriver encore à bouffer, à chier... Les trois nigauds s'en vont, pas encore tout à fait décoincés malgré les efforts de Géraldine. Ce soir, Isabelle, encore. La pression remonte. Je ne sais pas trop quoi en penser. J'ai le temps d'y penser, pour l'instant je ne souhaite qu'une chose : dormir. Dormir deux heures pour oublier ce mal de tête, et tout le reste avec.

Mercredi 17/4/02. 18 heures 30.

Les gens intéressants sont toujours en équilibre instable entre la frustration et le dégoût de soi. Le bonheur de ceux-là se situe entre le léger dégoût et la légère frustration. Là se trouve le champ de leur morale. J'ai bien dit leur morale, et non pas La Morale, qui n'est que l'effet galvaudé du regard des faibles sur les autres faibles, la désignation de l'oubli de soi dans un sentiment d'appartenance à la communauté, et donc à la vérité exprimée en volume. Ils se trompent, et plus ils se trompent, et plus ils y croient. A tel point qu'ils transfèrent leur essence commune, l'amalgame de leurs fantasmes sadiques et masochistes, dans un magma irrationnel qu'ils ont nommé Dieu. Il ne s'agit en aucun cas du « Dieu d'Amour », mais du Dieu des désirs refoulés. L'homme lucide est avant tout seul et incroyant. Il doit faire avec son chaos. Il peut en devenir fou, mais dans les meilleurs cas, son entraînement à résister le rend plus fort. Il s'aime les yeux ouverts... Justement, les yeux, je les ouvre, sur ces pensées semi-conscientes. A cette seconde-là, je n'ai plus envie du tout de voir Isabelle. Je me dégoûte d'abord, puis me restimule. Enfin, tout va mieux. Mais pour être franc, je n'ai plus vraiment envie, la frustration est passée, mais elle reviendra. Elle reviendra à chaque fois, cependant toujours moins intense, jusqu'au jour où elle sera trop faible pour en avoir conscience. Alors nous ne serons plus heureux et nous nous quitterons peut-être. Vingt ans après, nous le regretterons aussi peut-être. La frustration aura mis vingt ans pour émettre un signal à nouveau audible. Le jeûneur de Kafka me revient en tête.

Vendredi 19/4/02. 14 heures.

Isabelle a débarqué mercredi soir avec des affaires pour une nuit qui dure depuis quarante heures. Je me laisse aller à la douceur régressive du rite du grand amour. Oubliée toute cette masturbation intellectuelle. Lâchez-moi un peu, pessimisme, cynisme, réalisme. Je suis heureux, merde ! Isabelle a tout lâché pour un peut-être moi. Quarante heures que je la respire, que je plonge en elle. Quarante heures sur un nuage où j'ai lâchement bien fait attention de ne pas prendre de décision quant au reste de ma vie. Sans même me forcer. Quarante heures et un seul niveau de conscience. Quarante heures à s'apprendre, à s'appréhender, où toute confidence est nouveauté, étonnement. Où rien ne déçoit, où la regarder pisser dans le lavabo (trop froid dans les chiottes) est un enchantement. Où la découverte de ses manies ou défauts physiques sont autant d'appropriations, que le monde du dehors ne connaîtra jamais et n'imaginera même pas. Où les premiers petits mensonges sont plus des agréments que des trahisons. Ils sont là pour relever, pimenter, faire coller la réalité à ces instants magiques. Deux victimes encore chaudes d'un coup de foudre ne peuvent pas se contenter d'un passé banal. Alors, on intensifie, on force sur les couleurs, on augmente le contraste, et c'est mieux ainsi. Comme un metteur en scène. Même les plus minimalistes transforment la réalité pour mettre à nu la vérité. Isabelle et moi nous racontons. Racontons notre vérité intérieure par le biais d'un vécu qui est parfois légèrement arrangé pour être plus conforme à cette vérité. Ce ne sont pas des grands mensonges, mais quelques détails : des paroles que l'on aurait bien voulues dire au bon moment mais qui ne sont venues qu'après, des décisions que l'on aurait bien voulu prendre.

Comme si on rejouait le scénario de la vie une deuxième fois, en se permettant quelques corrections. Ni elle ni moi ne sommes dupes mais ne nous en voulons pas. Au contraire, nous sommes mutuellement reconnaissants de ces petits arrangements passionnés qui, mêlés à nos orgasmes, nous laissent collés au plafond autant mentalement que physiquement.

Elle : « Je travaille dans cette agence parce que je ne suis pas née riche. Ça ne me déplaît pas de vendre des apparts, mais ce n'est pas ma vraie vie. Ma vraie vie, c'est le théâtre. Je n'ai pas pu en faire mon métier parce que je suis trop flemmarde. Si, à dix-huit ans, j'avais tanné mes parents jusqu'à ce qu'ils m'inscrivent à un cours de théâtre, ils auraient fini par dire oui, même légèrement à contrecœur. Mais mon ambition était molle, ramollie par un romantisme bêta, en attente du vrai, du grand amour. Quelques mecs en ont profité dans ces années-là, mais je ne leur en veux plus. En y réfléchissant bien, c'est moi qui étais conne. Du coup, l'idée même d'un avenir professionnel m'était incongrue. Je sentais bien en moi quelques qualités, quelques talents mais je n'étais vraiment pas dans l'état d'esprit de les exploiter. Alors ça a été la fac de lettres, sans trop forcer, avec des petits boulots pour vivre, en compléments de ce que me donnaient mes parents. Puis ce boulot à mi-temps à l'agence, qui a pris de plus en plus le pas sur les études. Donc fin des études après la licence, parce que plus d'intérêt. Au début, c'est le pied, les premiers salaires, l'indépendance, l'impression d'être une femme libre. Et puis on déchante en quelques années. On s'aperçoit qu'on est coincé dans un système, parce que pas assez d'études, parce que plus assez d'énergie. Arrive donc le temps des compensations. Michel, en me forçant un peu à l'aimer. Je t'en ai parlé l'autre jour au resto. Je dis ça avec le recul, mais à l'époque j'y croyais. J'avais vingt-huit ans, mon romantisme avait certes pris quelques coups dans l'aile, mais il avait l'air de tellement m'aimer que moi-même je me croyais amoureuse. L'amour par auto-persuasion, en quelque sorte, peut-être par manque d'alternative. Si à l'époque on m'avait offert un boulot à l'autre bout du monde, j'aurais sans doute dit oui avec autant d'enthousiasme. Michel est arrivé au bon moment avec les bons mots. Il était de la même ville que moi, il sentait le sud qui me manquait. Mais vivre ensemble n'a pas réellement été ma décision. Je l'ai pourtant accepté avec un bonheur que je croyais moi-même sincère. C'est même moi d'ailleurs qui voulait me marier, sans doute pour être conforme à l'attitude qu'on attendait de moi, que lui, mes parents, ses parents attendaient. Lui n'a pas voulu, par principe, parce que l'amour n'a pas besoin de ça, surtout parce que dans son groupe de copains ça ne se faisait pas. Maintenant je me dis heureusement. Il ne voulait pas d'enfants tout de suite non plus. Moi, j'avais envie d'être mère, mais ce que j'analyse maintenant comme un pressentiment me disait d'attendre. La raison que je me donnais à ce moment-là est que je n'avais pas le droit de lui imposer ça. Il n'avait pas trente ans non plus, et beaucoup plus d'ambition professionnelle que moi. Et puis voilà, cinq ans ont passé, jusqu'à la première vraie décision de ma vie, celle de le quitter. Peut-être pour toi, mais surtout pour moi. Toi aussi tu es arrivé au bon moment, et tu n'as même pas eu besoin des bons mots, veinard ! »

Moi : « Quand je t'écoute, je me dis que je ne serais pas capable de dresser un tel bilan de ma vie. Je n'ai pas une histoire aussi achevée, explicable. J'ai le souvenir d'émotions, d'amours. Mais c'est comme s'ils n'avaient jamais complètement éclos. Pourquoi, je ne sais pas, je n'ai par contre plus le souvenir de leur dégradation. J'ai à force accepté que tout finit par se banaliser et s'étioler, que la volonté n'avait pas de prise ni sur les événements ni sur les sentiments. Mais l'envie de repartir, de redécoller ne m'a jamais quitté, c'est ce qui me rassure. En revanche, le temps aidant, les histoires d'amours se sont accumulées, bien que peu nombreuses si on compare à la moyenne de notre génération, moins d'une dizaine. Alors je me les ressasse, je les pioche dans ma mémoire comme on sort des photos oubliées d'une boîte à chaussures. Prémices de la sénilité, non ? Parfois je me pose des questions : si je laisse s'évanouir les sentiments, c'est qu'il est plus facile de vivre avec leur souvenir que d'essayer de prolonger leur réalité. Je fuis les difficultés du compromis, de la négociation qui, tôt ou tard s'imposent. A partir de ce moment-là, le décrochage est inévitable, plus ou moins long et douloureux. Ce qui devient inquiétant, c'est que maintenant, lorsque une nouvelle histoire d'amour commence, et même avant, quand je suis encore tout tremblant et moite, une partie de moins en moins refoulée de ma conscience s'impatiente déjà de la fin, de l'après, de la période où je me retrouverai enfin seul avec ma nostalgie fraîchement enrichie d'une pénible rupture. Tu dois te demander « et avec moi, c'est la même chose ?» ou peut-être t'en fous-tu complètement. Je vais répondre, à tout hasard : je n'y pense pas pour la bonne raison que j'en parle. Et ça, c'est vraiment nouveau !

Quant au reste, au boulot, aux amis, je ne sais pas si ça vaut la peine de s'étendre. J'ai su composer – composer est un terme trop fort d'ailleurs, il s'agit vraiment d'une deuxième nature – un Fabien que tout le monde te décrira comme le plus équilibré qui soit, sympa, respectueux, responsable. Je garde mon chaos pour moi et donne le change pour qu'on ne m'emmerde pas. Les personnes auxquelles je me suis le plus confié sont des parfaits inconnus que je ne cherche pas à revoir. Souvent des femmes d'ailleurs. Inconnues, mis à part

Géraldine, sans doute, qui lit en moi sans qu'un seul mot ne soit nécessaire. C'est mon anti-moi, mon négatif. La grande sœur, et même le grand frère que je n'ai pas eu. Je l'attire parce que je suis son refoulement personnifié. Moi je joue le jeu et j'y prends du plaisir. Tu mesures mieux maintenant comme avec toi je me lâche, je prends des risques ! »

Moi, plus tard : « – Je dois te poser une question. C'est peut-être trop tôt. Tu n'as peut-être pas envie d'en parler. Mais je dois t'en parler parce que dans le train, la première fois, ça m'a troublé, donné envie d'en savoir plus. Parle-moi de ton frère. »

Instantanément, son visage se voile, pour redevenir le visage de celle que j'appelais encore Claudia, qui ne me voyait pas dans cette brasserie de la gare. Elle est ailleurs, très loin.

« – Tu as lu ? ». Déjà je regrette de l'avoir replongée dans son quotidien, cet univers dont elle arrivait à s'extraire avec moi.

« – Je ne sais pas si j'ai envie d'en parler, mais c'est sans doute plus facile maintenant que plus tard. Tu es encore pour moi un quasi inconnu avec lequel je n'ai vécu que du bon. Alors c'est le moment, avant que le moins bon n'arrive inéluctablement. Tu peux encore m'écouter sans te lasser, sans apriori ni fausse compassion. »

Elle ramène ses jambes contre sa poitrine, qu'elle couvre du drap. Adossée au mur, sous ma tentative ratée de tableau-collage qui surplombe mon lit, elle allume une clope et se blottit sur ses genoux.

« – Mon frère Alexandre a quatre ans de moins que moi. Je l'ai toujours admiré pour sa créativité, pour sa facilité à exprimer tout ce que moi j'étouffe sous une tonne de pudeur.

C'est mon héros rimbaldien, un mec brillant qui a toujours tout réussi tout en se foutant complètement des résultats obtenus. Il n'a peur de rien, brûle sa vie, toujours à la limite. Il se défonce régulièrement et balaie mes reproches maladroits avec un sourire d'ange. Mais, il y a deux mois, il a pété les plombs. Il a disparu sans avertir personne et sans un rond. On a eu de ses nouvelles au bout de quinze jours par un copain affolé. Alexandre était à Strasbourg. Il s'était battu avec des dealers, et avait été ramassé par la police. Il leur avait donné le numéro de Thierry, la seule personne qu'il connaisse dans cette ville. C'était une épave. Depuis une semaine, il dormait dans la rue. Quand Thierry m'a appelée, j'ai débarqué dès le lendemain. Alexandre n'était pas au courant, il a été surpris et tout de suite sur la défensive. C'était très tendu. Il délirait et se disait persécuté. Le plus traumatisant était son regard, creusé par son délire et sa fatigue. Il ne voyait plus sa sœur, j'incarnais le mal. J'étais désespérée, je ne savais pas quoi faire. Il m'effrayait. Il se levait et se rasseyait sans arrêt, tournait en rond dans la pièce, tantôt menaçant, tantôt cynique. Deux heures d'un dialogue de sourds où je ne lui parlais pas encore d'hôpital, mais essayais simplement de le convaincre d'aller se reposer chez mes parents. Eux aussi, dans son délire, étaient ses persécuteurs. Et puis il est parti, avec tout son barda dans un sac poubelle. Je ne l'ai pas retenu, je ne l'ai pas suivi. J'étais presque soulagée.

Il y a eu à nouveau trois semaines de silence radio. Mes parents ont averti tous ses anciens copains à travers la France, en leur expliquant la situation, pour être prévenus en cas de nouvelles. Certains l'ont mal pris, naturellement.

Et puis un jour une amie, Aurélie, a appelé de Paris. Il était là, elle avait peur. C'était le soir, j'y suis allée tout de suite. Quand j'ai sonné à l'interphone, il a compris que c'était moi.

En montant l'escalier, j'ai entendu des cris. Mes jambes me tenaient à peine. Quand je suis arrivée sur le palier, je l'ai vu, très excité, agitant maladroitement un couteau de cuisine. Son regard était encore plus noir, plus froid.

– Tu veux m'emmener à l'hôpital, c'est ça ? Essaie un peu.

Je me suis entendu dire : – Non, Alexandre, je suis venue voir Aurélie parce qu'elle avait peur. Je suis venue te chercher pour que tu viennes dormir à la maison.

Je voulais gagner du temps, le calmer.

– D'abord, range ce couteau, sinon c'est les voisins qui vont appeler les flics. C'est pas ce que tu veux ?

Il tournait en rond, comme une bête en cage. Il a fini par ranger le laguiole dans sa poche et rentrer dans l'appartement. Je l'ai suivi et là ont commencé, comme à Strasbourg, deux heures de discussions très pénibles. J'encaissais les injures, les violences. J'étais décomposée. Aurélie s'était cloîtrée dans la cuisine, avec deux copains qu'elle avait invités en l'honneur d'Alexandre, quand elle ne se doutait pas encore de la gravité de son état. Lui et moi étions dans le salon et ma fixation était de lui faire rendre son arme.

– Je la pose si tu te casses !

A bout d'arguments, j'ai dit : – ok, salut. Je passe dire au revoir à Aurélie.

Je l'ai laissé là, surpris et un peu décontenancé. Dans la cuisine, j'ai trouvé les trois autres, silencieux. Alexandre y avait peint, dans l'après-midi, une fresque sur tout un pan de mur. Au sol, le lino était couvert de tâches de peinture.

– Je lui ai dit que je me cassais, mais je vais appeler les urgences.

Dans le salon, Alexandre avait mis la musique à fond et n'entendais pas. Je suis descendue et depuis le hall j'ai appelé le 15 de mon portable. Je leur ai expliqué la situation et ils m'ont dit qu'ils ne pouvaient rien faire, qu'ils ne pouvaient pas emmener une personne de force, d'appeler la police pour le conduire aux urgences psychiatriques. Je ne pouvais pas faire ça, j'étais terrorisée à l'idée qu'Alexandre pouvait très mal réagir, et qu'un flic un peu nerveux ne lui fasse du mal. J'ai fini par appeler les pompiers qui sont arrivés dans les cinq minutes. Trois jeunes en qui, intuitivement, j'ai eu confiance. Ils sont montés. Il était encore dans le salon, en train de fumer un joint. Les trois pompiers se sont enfermés avec lui. Terrée dans la cuisine avec les autres, nous les entendions rire. Ils essayaient de le mettre en confiance. Je me détendais. Au bout d'une demi-heure, l'un d'eux est sorti, en refermant la porte du salon derrière lui. Il avait récupéré le couteau.

– Il ne veut pas nous suivre, nous n'avons pas le droit de le forcer, je vais appeler la police.

Je n'ai pas réagi. Je ne voulais qu'une chose, que ça finisse. Et puis ils avaient sûrement raison.

– Je ne vous demande qu'une chose. Ne partez pas avant que la police arrive.

Il a appelé de son talkie-walkie et nous avons tous attendu très longtemps, plus d'une heure. L'atmosphère s'était détendue, Alexandre s'était calmé. Il n'était pas au courant de l'arrivée des flics, et tant qu'on ne le faisait plus chier et le laisser fumer tranquillement …

On était tous en train de boire un café dans la cuisine en plaisantant nerveusement quand les flics ont débarqué. Et là, tout a changé, c'était à nouveau l'enfer. Alexandre, avec une intelligence acérée par son délire, s'est mis à les manipuler.

– C'était juste un petit différend familial. Excusez-nous, mais j'ai bien peur qu'on vous ait appelés pour rien. Et puis, de toute façon, je vais partir.

Les pompiers, partis, ne pouvaient plus témoigner. J'étais très énervée et mon état, naturellement, me rendait beaucoup moins crédible qu'Alexandre.

– Oui, je vois, disait le plus con des flics, tout le monde est pété et ça a mal tourné. De toute façon, on ne peut emmener personne en psychiatrie sans autorisation médicale.

Ma voix tremblait : – ok. J'appelle un médecin, mais vous attendez qu'il arrive.

– Vous croyez qu'on a que ça à faire ? On ne peut pas attendre.

Je les aurais étranglés, mais je n'avais maintenant qu'un seul but, que mon frère se casse, quitte l'appart d'Aurélie.

– Je ne vous demande qu'une chose. Attendez que mon frère soit parti.

Ils ont attendu avec un air goguenard qu'Alexandre fourre ses vêtements crades dans son sac poubelle. Ils l'ont suivi dans l'escalier. Par la fenêtre, j'ai vu partir le fourgon. Mon frère a pissé contre un arbre, puis est parti, courbé sous son sac poubelle. Lâchement, je n'avais plus envie de le suivre.

Nous n'avons plus eu de nouvelles jusqu'au jour où il s'est fait arrêter à Toulouse après une nouvelle bagarre. Devant son état de délabrement et d'excitation durant sa nuit au poste, les flics l'ont envoyé sous contrainte judiciaire à l'hôpital psychiatrique. Depuis, c'est le black-out. Impossible de le voir pour l'instant, et on peut lui écrire seulement depuis la semaine dernière. La lettre que tu as vue, c'était la première que je lui écrivais. Et d'ailleurs la première sérieuse de toute ma vie. »

Vendredi 19/4/02. 16 heures.

Le temps des confessions a passé ainsi, sans avenir ni promesses. Isabelle est partie. Gare de Lyon, 16h34, elle a rendez-vous avec Michel pour un week-end à Montpellier, d'où lui aussi est originaire. Un week-end, prévu de longue date, chez les parents de Michel, pour voter dans la ville où ils sont encore inscrits. Chirac, Jospin, Chevènement et les autres, le monde continue de tourner. Une promesse qu'il lui a arrachée au moment de la séparation, pour éviter d'expliquer aux parents, pour se donner le temps. Isabelle a cédé à ses arguments, pour fuir plus vite, pour se libérer, comme on se libère d'une veste dont la manche est coincée dans les portes du métro qui démarre. Acte de survie, sans réfléchir.

Cet atterrissage programmé ne me dérange pas. Une telle intensité est épuisante. Et puis j'ai besoin de me retrouver seul. Il faut lâcher du lest à mon chaos, pour l'instant simplement amusé, attendri par ma béatitude. Mais l'ignorer plus longtemps le rendrait plus irritable, voir insupportable. Je lui dois une conversation, des explications.

Samedi 20/4/02. 22 heures.

La soirée a pris son rythme de croisière dans le jardin d'hiver de Géraldine et Luc. Les trois premiers verres passés, la douzaine d'invités ont mis en harmonie leurs humeurs dans un brouhaha aux couleurs ternes. Après le temps des arrivées aux visages encore marqués par le quotidien, ce fût le temps des retrouvailles, des quelques souvenirs communs, des plaisanteries convenues. Et puis les conversations croisées qui, aidées de quelques mouvements autour du buffet, ont maintenant donné forme à des groupes de deux ou trois. Géraldine et Florence m'ont comme prévu branché sur les carences informatiques de cette dernière. Florence est encore plus attirante qu'au mariage de Géraldine, où elle m'avait planté pour ce gros con de beau parleur. Une sorte de patine la met plus à ma portée, elle ne m'impressionne plus. Ses traits sont plus doux, son regard est plus distrait, moins intense. Sa voix est plus chaude, son rire moins fort. Le temps est l'ami des timides. Et en plus elle a besoin de moi. La mécanique de séduction s'enclenche automatiquement. J'attendais ce moment avec une certaine excitation, impatient de voir quels seraient les effets de « l'événement » Isabelle sur cette drague programmée. Et je ne peux que constater qu'il me donne une force inconnue jusqu'alors. Tout paraît plus simple, plus évident. La peur de l'échec ne me tétanise plus. Isabelle est mon secret, le souvenir de nos deux jours magiques a de quoi assurer pendant longtemps l'intensité de mes pensées. Je n'ai pas besoin de Florence, simplement je la désire. Par rapport à notre première rencontre, les rôles sont inversés. Je suis sans doute le seul à lire dans ses gestes, dans son regard, une imperceptible lassitude. Elle n'a plus la force de contrôler, de choisir, d'humilier. Elle n'en n'a plus l'envie. Plus habitué à convoiter plutôt qu'à choisir, je n'ai pas l'habitude de ce rôle. Intérieurement je ne m'y sens pas à l'aise. Mais une sorte de politesse veule me pousse à me conduire comme on l'attend de moi, comme Géraldine surtout l'attend de moi, comme un mâle. N'exagérons pas, ce n'est pas un effort surhumain, Florence est si belle, mais un personnage de roman, du genre esprit supérieur, aurait eu le courage, lui, de partir, les planter là, comme ça, sans raison. A contre-courant de ces pensées, les mots sortent de ma bouche comme il faut, mélange d'humour et de sérieux, bien dosés, comme le grand singe lors de notre réunion hebdomadaire. Je suis *intéressant*. Et tellement con. A tel point qu'au bout d'un moment, ce sentiment de surpuissance commence à prendre réellement le pas sur ma lucidité. L'alcool aidant, nos paroles et nos gestes s'érotisent. Géraldine qui, en d'autres circonstances, se serait éclipsée avec le sentiment du devoir accomplie, ne s'exclut pas de cette danse nuptiale. Elle veut être ma complice jusqu'au bout. Son regard brillant, pour la première fois, semble me demander : « jusqu'où iras-tu ? Qu'es-tu capable de nous proposer à toutes les deux ?». Florence, assise sur la moquette, les jambes repliées sur le côté, s'est accoudée sur les genoux de Géraldine, en petite cousine obéissante. Je leur fais face, assis sur le rebord de la table basse. Mon genou gauche est en léger contact avec la jambe droite de Géraldine et je n'ai pas bougé lorsque Florence a distraitement appuyé sa cheville gauche sur mon pied droit. Chacun est en contact physique avec les deux autres. Le circuit est fermé, fluides et vibrations peuvent librement circuler. Le monde extérieur n'existe plus que par son brouhaha ronronnant. Personne ne fait plus attention à nous. Quoi de plus naturel que deux célibataires et une entremetteuse reconnue qui discutent. Même Luc doit avoir son habituel regard attendri, admiration aveugle devant ce qu'il appelle le « culot » de Géraldine. Quant à moi, ce sont plutôt des scénarios de films pornos qui parasitent mes pensées, où je pourrais dire, sur le ton de « vous n'avez pas soif vous ? Si on se bougeait jusqu'au buffet ? » : « Vous n'avez pas envie de baiser vous ? Si on allait à l'étage pour être plus tranquille ? » Naturellement, ce scénario reste strictement de l'ordre du fantasme, irréalisable ne serait-ce que pour des raisons pratiques dont ne s'embarrassent pas les réalisateurs spécialisés. Mais, dans l'état où je suis ce soir, je me sens capable de le raconter. Et le raconter, c'est indirectement le proposer, tester la réaction que suscite son évocation. Depuis un moment, je me conditionne pour lui faire passer le mur généralement infranchissable de la pensée exprimée. Former des mots qui vont former des phrases qui vont devenir, grâce à certaines contractions du larynx et certains mouvements de la bouche, des paroles. Ça a l'air si simple. Géraldine et Florence n'attendent que ça, mais c'est à toi de le dire. Lance-toi. Tu n'es qu'un mou, un lâche, un veule. Oui, mais je me fais peut-être des idées. C'est peut-être encore un coup de ma testostérone. Elles vont se choquer, je vais être ridicule. Non, trouillard, c'est le moment ou jamais de te transcender un peu, de t'extraire de ta fange. De mettre en application certaines conclusions de tes cogitations sans fin : ces choses-là peuvent se dire en douceur, sans brusquerie. Tends des perches, improvise. Mon chaos est tout près de trouver une faille, une ouverture. Il faut agir vite, se décider avant qu'un élément extérieur vienne tout anéantir. Depuis une vingtaine de secondes, aucun de nous trois ne parlent. Nous sommes suspendus à cette première phrase, et c'est moi qui dois la dire. Dans quelques secondes, ce sera trop tard, l'apnée ne pourra pas être prolongée, la poésie érotique aura vécue ... « vous savez ce qui me passe par la tête ?». La phrase tourne dans mon cerveau, de plus en plus rapide. La force centrifuge va la pousser vers la sortie, vers le larynx, la bouche, les lèvres, va faire trembler l'air dans les trente centimètres qui me séparent de leurs oreilles. Les mots tournent, tournent ...

Dimanche 21/4/02. 1 heure 15.

La porte de la salle de bains est fermée. Les rires des invités, s'échappent comme une fumée du jardin, un peu plus forts, un peu plus aigus que le fond sonore des conversations.

Je suis assis sur le bord de la baignoire et par le miroir fixé au-dessus du lavabo, j'observe, trop lucide, la masse uniforme et mouvante des chevelures de Florence et Géraldine qui, agenouillées, s'activent sur ma queue. Sur ma queue désespérément molle, définitivement flasque. Isabelle, aide-moi, sors-moi de cette galère. Montre-toi dans ce miroir. Fais-moi bander, fais-moi jouir, qu'on en finisse. Mais non, je n'y arrive pas, je n'arrive pas à discerner le regard excité d'Isabelle dans les yeux sans âme de la petite sirène, motif géant du rideau de douche, sans doute choisi par les enfants. Impossible. Isabelle, aide-moi, Isabelle ...

Mon imagination essaie désespérément de faire écarter ses cuisses à la petite sirène. Mais comment voulez-vous écarter les jambes d'une sirène qui n'en a pas ? Alors, sans possibilité de le contrôler, mon fantasme se transforme en un cauchemar gore. La queue de la sirène se déchire, se scinde en deux et un flot de sang se déverse sur le carrelage blanc. Ce ne sont bientôt plus que lambeaux de chair. Mes yeux ne peuvent se détacher de ce spectacle. Le sang chemine, suivant les jointures des carreaux, comme guidé par les manettes d'une Gameboy. Sa direction se dessine par tâtonnements, semblant chercher la sortie d'un labyrinthe. Le flot atteint bientôt les genoux de Florence et Géraldine qui, imperturbables n'abandonnent pas pour autant leur vaine besogne. La sirène me fixe avec un regard lascif de hardeuse. Un chant strident s'échappe de sa gueule aux mouvements de carpe. Les deux lambeaux de sa queue sont maintenant largement écartés, dévoilant ses entrailles à l'endroit où aurait pu, si elle en avait un, se trouver son sexe. Sa main gauche fourrage avec un bruit de ventouse, mimant une masturbation, dans cet amas de barbaque, au rythme des va-et-vient de Géraldine et Florence. Presque inconscient, je vois cette scène peu à peu se troubler.

Je me sens rapetisser, disparaître. Je vais échapper à cette horreur, je vais disparaître …

Luc est penché au-dessus de ma tête. Je suis revenu à moi, mais n'ai pas la force de le lui faire comprendre. Ses gifles retenues ne me font pas trop mal. C'est son visage inquiet, dégoulinant de sueur, que je remarque en premier. C'est l'air frais du ras du sol qui me fait surtout du bien.

« Fabien, tu te sens mieux ? Eh, Fabien, tu m'entends ? ».

Je tente et réussis un clignement de paupières qui le rassure et le calme.

« Tu t'es évanoui, tu es très pâle. Tu n'aurais pas dû autant boire. Tu sais pourtant que tu ne tiens pas l'alcool ».

Je suis étendu au pied du canapé. La salle de bains, la pipe, la sirène, tout n'était donc qu'un rêve comateux. Je suis si bien, si détendu. Je n'ai plus envie de me relever. J'en profite, je fais durer le plaisir. Quelle jouissance de ne pas avoir réellement vécu ce cauchemar. Géraldine, Florence, le visage creusé par la fatigue et la lumière blanche des spots rallumés, et les autres, tous m'observent, attendent mes premiers mots. Mais c'est un incontrôlable fou-rire qui les remplace, un très long fou-rire qui, par ricochet, animent un à un tous les visages penchés sur moi. Puis le rire s'atténue. Les larmes, elles, s'attardent un peu, en profitent pour aussi évacuer le ridicule.

« Eh bien, on peut dire que tu en tiens une ! ». Gentil Luc, je t'envie tellement des fois. Il me relève et m'installe sur le canapé. Les conversations reprennent. Florence s'éclipse sans dire au revoir, Géraldine commence à bailler. Je laisse passer une heure sur ordre de Luc, afin de dessaouler. La tristesse s'installe, lourdement et pour au moins tout un dimanche. De celles qui me clouent, hagard dans mon fauteuil club. Clopes et basta. Quand j'ai enfin l'autorisation de partir, Géraldine m'accompagne jusqu'au portail. Nous attendons le taxi. Une sorte de gêne s'installe, inédite entre nous. Un sentiment de frustration, comme si la scène de la salle de bains avait été réelle. Par bonheur, le taxi ne tarde pas.

« – Bonne nuit, à Lundi. Et désolé d'avoir cassé l'ambiance de ta soirée.

– Pas grave, repose-toi bien. Au fait, tu penseras à me parler de cette Isabelle que tu appelles au secours quand tu tombes dans les pommes.»

Dimanche 21/4/02 - 2 heures 30.

Le taxi traverse dans la nuit la banlieue, stoppant inutilement à chaque feu rouge. Je suis reconnaissant au chauffeur d'être silencieux et pas pressé. J'ai la conscience diffuse de vivre un tournant de ma vie. La fatigue et la lassitude m'ont fait transiter dans un état de semi-conscience et paradoxalement de lucidité extrême. Châtenay-Malabry, Sceaux, Bourg-La-Reine. La vue des tours de Bagneux qui dominent la banlieue sud du haut de leur tertre, et dans lesquelles j'ai vécu à mon arrivée à Paris, est à deux doigts de me faire chialer. D'habitude, elles me laissent complètement froid. Parce que je ne vis que par à-coups. L'horizon de ma mémoire ne va généralement pas au-delà de quelques mois, car il est fortement relié à des éléments présents : je connais Isabelle depuis dix jours, j'habite rue Lamarck depuis sept mois. Au-delà de ce type d'événements, tout se trouble : les images, les lieux, les noms, les visages, les itinéraires.

Mais là, calé dans sur le siège en cuir du taxi, la tempe appuyée sur la vitre glacée, mon état d'émotivité crée pour la première fois les conditions de la continuité. Comme dans les pages-jeux de Pif gadget, journal préféré de mes dix ans, je trace les lignes pour relier tous ces points numérotés, toutes ces tranches de vie. J'ai le pressentiment qu'une fois ce travail achevé, le tout prendra un sens et me révèlera l'image fondamentale. Quelle image, quel sens ? Je ne le sais pas encore. Toute cette agitation intérieure me fait frissonner des épaules jusqu'au cuir chevelu. Ça risque d'être long mais j'ai tout un dimanche devant moi. Porte d'Orléans, Périphérique Ouest. La vitesse constante de la voiture imprime maintenant un défilement cadencé au paysage qu'elle traverse. La lumière des lampadaires, les lignes blanches de la route, les voitures que l'on croise, tout a son propre rythme, mais mon imagination les superpose dans une parfaite harmonie. L'imminente et éphémère poésie pour un instant domine et soumet le chaos.

Dimanche 21/4/02 - 4 heures.

Je suis affalé sur mon fauteuil de tous les espoirs et désespoirs. Cloué par la fatigue, mais pas du tout sommeil. Je bande mécaniquement, sans excitation aucune malgré les flashes de salle de bain, de miroir et de petite sirène. La cafetière, la tasse, les clopes et le cendrier à portée de ma main droite, sur le tabouret de piano bancal.

Ainsi commence la lente éclosion. Rien pourtant ne laissait prévoir que quelque chose vivait sous l'épaisse couche, sous les strates empilées au cours de mes rencontres. Mon évanouissement de cette nuit a déstabilisé l'inébranlable. Je sais qu'il me serait très facile de consolider cet échafaudage aux profondes fondations. Pourtant je n'ai plus envie. Mais au contraire je me laisse glisser avec la délectation d'Alice aux

Pays des Merveilles. Les premières flèches qui grignotent la forteresse ont la forme de mots, sans liaison entre eux, faible intensité mais forte fréquence. Liberté, solitude, abandon, transcendance, vérité, pureté. De ce tourbillon de mots naissent par agencement des concepts pour l'heure très instables. Ces bulles émergent un instant du magma mais ont perdu trop d'énergie pour s'en détacher, s'envoler. Elles éclatent et libèrent leurs mots avant de m'en délivrer leur sens. Alors ma chute s'interrompt un moment. Je glisse ainsi par paliers, me défaisant à chaque étage d'une nouvelle peau. Il est trop tôt pour donner du corps à tout cela. Pour souffler, je m'agrippe parfois aux sons qui m'entourent, privilégiant les plus lointains, comme du fond de ma baignoire. La radio du voisin commente en boucle le néant d'un dimanche d'élection. Drôles de journées où la seule véritable info permise est le taux de participation. Les journalistes tentent de surmonter leur frustration dans la redondance du commentaire. Pour la première fois depuis mes dix-huit ans, il m'est physiquement impossible d'aller voter alors que pourtant rien ne m'y empêche. Tant pis pour Jospin. J'élabore un alibi pour expliquer ça à Géraldine et à mon père. Mais ce sera beaucoup plus simple de leur mentir. Et puis après tout, ce n'est que le premier tour. Une fois cette décision prise, je me sens happé pour une nouvelle glissade. Mais je contrôle un peu mieux cette fois et distingue une voix intérieure :

« Arrête de réfléchir, laisse-toi aller, tu n'es plus en mesure de maîtriser la situation. Libère tes sens. »

Ce faisant, mon estomac se noue, me brûle. Il faut que je me rende à l'évidence, je suis en train de subir une sorte de transformation physiologique. Sans trop savoir comment, je me mets à délirer sur les mots « indépendance » et « liberté ». C'est encore mon corps qui parle, à l'encontre de ma pensée :

« L'indépendance est ton projet intellectuel, contre-nature et tu l'as sans doute confondu avec ta liberté. L'indépendance contraint tes sensations. Tu te retiens de pleurer, de compatir, et au bout du compte, d'aimer. La liberté est un combat ? Mon cul ! La liberté, c'est se laisser aller, chier sur toutes les conventions. La liberté, c'est gueuler qu'on aime ou qu'on déteste. L'indépendance, c'est garder la distance, être lisse, faire le minimum pour ne pas être emmerdé. Ne montrer aucune aspérité, ne provoquer que le minimum de sentiments, d'amour ou de haine. L'indépendance, c'est s'isoler, se protéger, se barricader. Pour un bonheur stable mais mou. La liberté n'est pas le bonheur, c'est se cogner partout, comme une molécule dans de l'eau bouillante. »

Je suis au bord de la casserole et je sens que je vais plonger. Je sais que je vais me brûler mais je vais plonger.

Mon double intérieur poursuit : « Le moine bouddhiste est indépendant. Non dépendant de toutes les tentations mais il n'est pas libre, enfermé aussi bien dans ses convictions que son monastère. Un toxicomane est de fait dépendant, mais il se sent libre. L'indépendance est une contraction, la liberté un relâchement. L'équilibre sans doute entre les deux. »

Pourquoi je pense à tout ça au lieu de dormir ou d'aller voter. J'ai envie de dégueuler. Mais plutôt tout ravaler que de me lever. Je descends d'un cran supplémentaire. La voix grossit maintenant, et résonne fortement dans mon crâne qui n'avait pas besoin de ça : « Ton indépendance est une exigence morale que tu n'arrives plus à tenir. Lâche la rampe, Fabien. Plonge ! Ce n'est pas le souci d'indépendance qui t'a guidé. C'est ta timidité, la peur de gêner, de te faire jeter comme par les petites connes de ton adolescence. Alors, quand tu as vu que le cynisme et la distance ça marchait, tu t'es construit par défaut sur ces valeurs. Mais maintenant il y a Isabelle. Elle s'est offerte à toi sans protection ni faux-semblant, dans toute sa vérité et tes armes sont devenues inutiles, ridicules. Elle a fendillé la coquille. Tu es au terme de ta gestation et tu vas éclore. »

Je ne sais plus si c'est de la pensée ou du rêve. Je glisse, glisse.

Dimanche 21/4/02 - 17 heures.

Zéro, six, un, deux, ... les chiffres s'inscrivent sur l'écran de mon portable au rythme chaotique de ma fragile détermination. Une sonnerie, deux sonnerie, sa voix, puis la mienne : « Je t'aime, Isabelle ». L'effet anesthésiant est immédiat. Mon estomac se dénoue. Un chaleur diffuse, reposante, m'envahit, recouvre mes épaules puis ma nuque. Mais la dose ne semble pas assez forte. Le cortex résiste et contre-attaque avec ses armes habituelles : cynisme et auto-dérision. Quelle connerie viens-tu de dire ? Tu imagines les conséquences ? Et puis pourquoi elle ? Pourquoi maintenant ? Ce sont les circonstances, ton état, ton attente qui ont provoqué tout ça. C'est cette lettre à son frère, ces mots que tu as volés dans le train qui t'ont ferré. C'est l'évanouissement chez Géraldine qui t'a achevé. Isabelle elle-même n'a rien à voir dans toute cette histoire. Bientôt tu te réveilleras et il sera trop tard.

Mais la résistance est faible, comme battue d'avance. Mon corps veut son plaisir immédiat. Rien ne semble arrêter la chaude marée qui par vaguelettes successives, remonte calmement tous les canaux de ma conscience. C'est le shoot de ma vie et pourtant je n'ai rien pris.

Isabelle, prise au dépourvu, reste silencieuse. Les yeux fermés, je l'imagine prête à grimper sans réfléchir sur ma barque, à saisir ma main tendue. Ou peut-être cherchant les mots du refus, de l'excuse, de l'explication. Dans tous les cas, il me serait impossible de prononcer maintenant de nouvelles paroles, de courir encore, pour un tour d'honneur ou un tour d'adieu. Alors je raccroche et enfin je m'endors.

FIN

Un soir de juin, à Nice

– Allez, Lola, viens pour une fois, tu sors jamais !

– Tu sais bien comment ça se passe. C'est toujours la même chose. Je bois pas, je fume pas, je sniffe pas. Alors, au bout d'une heure, quand tout le monde commence à être défoncé, je m'emmerde. En plus, j'ai pas la tête à faire la fête.

– Putain, ce soir c'est pas la même chose ! Après, tout le monde part en vacances. Et puis je te rappelle que tu n'es pas la seule à t'être plantée aux exams. Moi aussi je dois repasser des épreuves en septembre. On va pas commencer à réviser demain, non ? On va assez se faire chier tout l'été.

La Cité Universitaire domine le campus de la fac de Sciences. Les bâtiments discrets sont disséminés dans le parc du château de Valrose, fastueux héritage de de la Riviera russophile du XIXè siècle. Les étudiants qui habitent et étudient là connaissent bien leur chance. Toute l'année, ils déambulent sur cette Carte de tendre. Les jardins, les mares leur offrent toute la palette des verts et des ocres, au gré des saisons. Au mois de juin, les journées sont déjà très chaudes et le soir, la fraîcheur libère toutes les senteurs de la Méditerranée.

Cathy me parle sans discontinuer. Accoudée à la fenêtre de ma chambre, je me laisse envahir par ces sensations, qui se mélangent à ma tristesse, sans l'atténuer. La beauté est parfois nocive pour qui n'est pas en mesure d'y puiser de la force. Je me sens glisser vers une dangereuse mélancolie. Alors pourquoi ne pas sortir, pour une fois ? Tout plutôt que d'affronter seule la vue de ce parc enchanté où, durant toute une année, aucun galant n'a fait le siège de ma vertu, aucun professeur n'a perçu en moi la géniale biologiste, future lauréate du prix Nobel.

La fête se passe sur la terrasse-piscine du Méridien, organisée par je ne sais quel promoteur local que Cathy a rencontré en boîte. Un monde aux antipodes de ma solitude et de ma condition, exactement ce qu'il me faut ce soir. Le champagne coule à flot et finalement ce n'est pas si dégueulasse. Parmi les invités, les jeunes ressemblent à des acteurs de films pornos et les autres à des clients de clubs échangistes. Pendant que deux vieux beaux nous détaillent la puissance de leur berline et l'élégante précision de leur Chaumet, Cathy me lance des regards complices. Elle se moque d'eux, mais au fond elle adore être courtisée aussi lourdement, rendre fou ce genre de gars, avec la seule beauté brute de ses vingt ans, sa robe à quinze euros et ses tongs de plage. Et elle tient à ce que j'en sois le témoin. Cette fois, je ne le supporte pas, l'alcool a vaincu mon inhibition. Je la plante là, avec ses deux connards, contourne la piscine, et me dirige vers les toilettes.

Entre deux lavabos, une pétasse perchée sur vingt centimètres de talons prépare consciencieusement des lignes de coke pour ses copines qui, d'après leurs fous rires n'en sont pas à leur première. L'une d'elles, pas trop débile avec qui j'avais échangé quelques mots, me tend sa paille comme un calumet de la paix. Sans réfléchir je la prends, ce soir il est écrit que je ferai des conneries. Je regarde comment elles font, je les imite et ne m'en sors pas trop mal. Cependant, je ne retiens pas un dernier éternuement et je fous une ligne en l'air, qui s'envole en un nuage blanc. Les filles s'en foutent, s'esclaffent. La came est en libre-service, offert par l'hôte de la fête.

On sort des toilettes, on ne se quitte plus, on passe bruyamment de groupe en groupe. Elles sont marrantes, je les aime, je suis complètement pétée, complètement faite, je connais à peine leurs noms, mais je les aime. On est comme les cinq doigts de la main, à la vie à la mort sur la terrasse du Méridien. Dans la nuit, les lumières de la Promenade des Anglais s'étirent en une guirlande du château à l'aéroport. La lune se lève, se diffracte sur l'eau en mille scintillements. Tout est flou, tout tourne, tout se mélange, j'ai la vision d'une tempête de neige, très dense. Je me sens partir, je vais perdre connaissance.

Le chœur de mes nouvelles copines me fait rester consciente, tout juste. « Viens avec nous, Lola ! On va se faire un petit plongeon dans la piscine ! On va éclabousser tous ses vieux cons ! ». Je me retourne, elles sont déjà en culotte.

Alors, je décide, ou plutôt je ne décide pas, mais je le fais. Depuis ma puberté, personne n'a vu mon corps, pas même ma mère. Tous les regards sont sur nous, sur moi qui suis la dernière à me déshabiller. Je ferme les yeux et je le fais. J'entends le rire de mes copines, elles sont joyeuses, sincères, de la sincérité des inconnus.

Et puis, j'entends Cathy. La voix est froide, le ton, pervers, est celui de la jalousie de ne plus être le centre du monde.

– Alors Lola, ça fait quoi d'être nue au milieu de tout ce monde ? Toi si complexée, ça fait quoi ?

Je plonge.

***

Sang d'encre
ou chronique d'une catastrophe annoncée

– Monique, vous m'avez dit combien de temps pour aller à la mairie en moto-taxi ?

– Une petite demi-heure, monsieur.

– Bon, comptons une heure, on ne sait jamais. L'heure limite pour rendre le dossier, c'est bien 17 heures ?

– Oui, monsieur.

– Vous êtes sûr, vous avez bien vérifié ?

– Oui, monsieur, trois fois, à chaque fois que vous me l'avez demandé.

– Bon, bon ! Pour quelle heure vous avez commandé le moto-taxi ?

– 15 heures 30, monsieur.

– Très bien, très bien … Vous pensez que ça ira ? Ils sont souvent en retard, non ?

– Jamais, monsieur. Et, au pire, on peut y aller par nos propres moyens.

– Peut-être, peut-être. Mais en voiture, avec les embouteillages, il y a un risque, non ?

– Il y a Jérôme, le stagiaire, qui a sa moto. Il est averti, il a dit qu'il n'y pas de souci.

– Bon, très bien ça, très bien. Vous lui direz quand même de suivre le moto-taxi, on ne sait jamais. Une panne, un accident, …

– D'accord, monsieur.

– Bon, alors, c'est vous qui prendrez le moto-taxi, avec le dossier. Vous vous rappelez bien à qui le remettre ?

– Oui, monsieur, c'est marqué sur l'enveloppe. Direction de l'architecture, bureau 310, 3ème étage.

– Surtout, ne le laissez pas à l'entrée. Remettez-le en main propre à l'architecte en chef et demandez un reçu, c'est compris.

– Oui, monsieur.

– Bon, quelle heure vous avez, là ? A ma montre, il est 14 heures 13.

– 14 heures 10, monsieur.

Un silence.

– Vous ne pouvez pas aller voir où ils en sont, sans les déranger ?

La secrétaire s'absente quelques minutes, puis revient.

– Alors ?

– Ils sont toujours sur l'ordinateur, monsieur. Ils étaient concentrés.

Le directeur manipule son stylo nerveusement.

– Tout le reste est prêt, Monique ?

– Oui, monsieur, il n'y a plus que les plans à insérer dans l'enveloppe.

– Bon, bon.

Un silence.

– On a gardé l'ancienne version des plans, Monique ?

– Non, monsieur, vous m'aviez dit de les détruire après la dernière réunion, à cause des fuites.

– Ah oui, c'est vrai, les fuites. D'accord, d'accord.

Un silence.

– Il est quelle heure ?

– 14 h 27, monsieur.

– Retournez les voir, Monique. Essayez de savoir pour combien de temps ils en ont encore. Demandez à Sandra, par exemple.

La secrétaire s'absente à nouveau. Au bout d'une dizaine de minutes, le directeur, ne la voyant pas revenir, décide de la rejoindre. Avant de sortir de son bureau, il hésite, puis revient pour prendre l'enveloppe, qu'il emmène avec lui. Il délaisse l'ascenseur pour emprunter l'escalier. Arrivé à l'étage inférieur, il observe l'open space depuis le palier. Les trois architectes de l'agence s'affairent autour d'un écran Mac 23 pouces. A quelques mètres, Monique discute à voix basse avec Sandra, la secrétaire du service.

Le directeur ne veut pas se faire remarquer. Il fait de grands gestes afin que Monique le voie. C'est le regard de Sandra qu'il parvient à capter. Retenant un pouffement, elle le montre du doigt. Monique se retourne, le voit, retient elle-aussi un pouffement et le rejoint.

– Alors ?

– C'est bientôt fini, monsieur. Après, il ne restera plus qu'à imprimer.

– Ah ! Bien, très bien.

Un silence.

– Vous savez combien de temps il faut pour imprimer ?

– Non, monsieur.

– …

– Vous voulez qu'on demande ?

– Oui, s'il vous plaît.

Monique retourne vers le bureau de Sandra, la questionne et revient au bout d'environ deux minutes.

– L'impression prendra une dizaine de minutes, monsieur, pour une quinzaine de feuille A3. D'ailleurs, ils viennent de la lancer.

Elle désigne du regard une imprimante Xerox imposante, avec écran intégré, vers laquelle se dirigent les trois architectes. De son poste d'observation, le directeur aperçoit une feuille déjà imprimée dans le réceptacle de sortie, et une deuxième la rejoindre, par petits à-coups. Il laisse échapper un petit grognement de plaisir. Quelques minutes s'écoulent et autant de nouvelles feuilles glissent dans le bac. Le directeur commence à se détendre, jusqu'à fermer les yeux, bercé par le tempo régulier des roulements de la machine.

Jusqu'à cet imperceptible bip, peut-être en mi, qui interrompt brutalement cette douce harmonie. Il ouvre les yeux sur un début d'agitation. N'y tenant plus, il bondit et se retrouve en quelques pas au pied de l'imprimante.

– Qu'est-ce qui se passe ?

Rémy, l'architecte senior de l'agence, ausculte les entrailles de la Xerox.

– Y'a plus d'encre.

Le directeur ressent une mauvaise chaleur l'envahir. Tous les pores de son crâne chauve s'ouvrent comme bouton au printemps, libérant une pellicule humide qui bientôt s'agrégera en sueur. Il ne peut synthétiser aucune parole, impossible à ses neurones de se combiner d'aucune sorte.

Sandra est déjà dans la réserve. Elle revient bredouille.

– Comprends pas. On les a reçues la semaine dernière, pourtant.

Le directeur s'affale sur le premier siège. Rémy prend les choses en main.

– Lemercier est là ?

Il parle du technicien responsable des stocks.

– Non, c'est sa journée syndicale.

Le champ de vision du directeur se rétrécit. Il émet un gémissement que personne n'entend. Avant sa syncope, il perçoit les derniers mots de Rémy.

– Allez, on ne va pas perdre six mois de boulot comme ça. De l'encre ça se fabrique. Sandra, tu as toujours ton huile d'argan sur toi ? Amène-moi aussi le coupe-papier et la pharmacie.

Il s'avance vers le directeur inconscient.

– Ma ceinture servira de garrot.

Quelques semaines plus tard, à la désignation officielle de l'agence d'architecture chargée de construire la nouvelle tour de centre-ville, de verre et d'acier, toute l'équipe des vainqueurs est là, Rémy, ses architectes, Sandra, Monique. Ils observent avec amusement le directeur, très en verve, discuter avec madame le Maire.

– Nous tenons à vous remercier, madame, et vous félicitons pour votre choix.

– C'est moi qui vous félicite, votre agence va transformer la ville. Mais qu'est-ce que vous m'avez fait peur ! Vous savez que le dossier a failli être refusé. Déposé à la dernière minute, et puis une partie des plans à l'encre rouge ! On a dû consulter le règlement pour voir si c'était permis.

Heureusement, votre idée de parfumer le dossier a plu. Mais qu'est-ce qui vous a pris de prendre autant de libertés ?

– Que voulez-vous, j'aime le risque, madame le Maire, c'est dans ma nature.

***

Veau corse aux olives, noires.

« Allez, Phil, grouille, on est à la bourre ! » Deux ans que je partage la vie de Patricia, et je ne l'ai jamais vue excitée comme ça. Mais qu'est-ce qu'il m'a pris d'accepter d'aller dans sa Corse natale ? Je suis sûr que ce sont tous des arriérés dans son village. Mais bon, chantage à l'abstinence sexuelle, je n'ai pas résisté une semaine.

Dans l'avion, je lis Corse-Matin, unique journal distribué : « Disparition de l'homme d'affaires grec dans le GR20 : sa carte de crédit a été utilisée à Sartène ». Mon voisin intervient, avec un accent rocailleux : « Hmm, je crrains le pirre ! Il a dû crroiser la rroute d'un meurrtrrier ! »

Arrivée à l'aérogare de Figari. Patricia : « Tu sens l'odeur du maquis ? » ça pue surtout le kérosène, déjà que j'avais envie de vomir. L'avion était secoué par de violentes rafales de vent, spécialité du coin. On a failli se crasher à l'atterrissage.

L'oncle Dumè m'écrase cinq phalanges et puis m'oublie. Je les suis à cinq mètres, en sueur, traînant la valise d'une tonne. Il nous a demandé de lui ramener une découpeuse thermique. Mais à quoi peut bien lui servir cet engin de mort ?

Le parking est dans le noir, l'herbe pousse dans les nids de poules. Je vois bouger une énorme masse entre deux voitures. La trouille ! L'oncle se retourne : « Ce n'est rien, avance ! » Une vache de bande dessinée, pattes maigres et ventre bas, broute avec application ce qu'il reste de haie.

La chambre est glaciale. Les draps sont humides. La vue donne sur le tombeau familial à six places, dont deux vides prêtes à l'emploi. L'oncle s'adresse à moi pour la première fois depuis l'aéroport. « O Coco – je suis définitivement Coco – demain sois prêt à 6 heures, je t'amène aux bergeries de Munatolli, Petru Santu Sbrocchi, mon cousin berger, sera là. Tu ramèneras prisutu et casgiu à Paris. » Au regard de Patricia, je comprends que je n'ai pas le choix. De toute façon, il n'a pas attendu ma réponse.

Le 4x4 fonce sur un chemin raviné et interminable. Je n'en peux plus des cahots, je vais mourir, c'est pire que dans l'avion. La radio crachote les infos locales : « Un bras humain a été retrouvé par … crrrcrrr … près de Muna … ccrrcrr. Des recherches sont … crrrcrrr … gendarmes pensent qu'il s'agit de l'homme d'affaires … crrccrr … disparu il y a une … » Dumè coupe la radio, l'air sombre. Je n'ose pas l'interroger, je fais comme si je n'avais rien entendu.

On arrive. Une 404 pourrie est arrêtée, moteur allumé, devant un barracun en ruine. Dans la pénombre, un groupe d'hommes s'affaire dans des vapeurs d'essence autour du coffre ouvert. Des cochons sauvages s'occupent alentour, indifférents. On s'approche, ça parle en Corse, je ne comprends rien.

Je me retrouve chargé d'un jambon graisseux et d'un fromage verdâtre. Je tends un billet de 50 au berger, j'attends la monnaie, elle ne vient pas. En compensation, il me lance un paquet sanguinolent : « Tiens, Dumè te le cuisinera. » Dumè : « Tu as de la chance, c'est du veau corse, c'est exceptionnel qu'il en ait. »

Mortel, ce veau aux olives. Quel goût ! Il n'est pas fade comme à Paris. Avec un petit vin de Figari, ce dernier repas a sauvé le week-end. Mais putain, pas fâché de rentrer. Quelle angoisse, ce tueur dans les parages !

Dans la zone d'embarquement, je me détends en tapotant sur mon iPhone. Par curiosité, je googlise Sbrocchi. Réponse : « essayez avec cette orthographe : Seabrook. ». Je clique et je lis en diagonale : *W.B. Seabrook (1884 - 1945) : Américain de la Génération perdue, ... cannibale et journaliste ... il a obtenu, grâce à un stagiaire ..., un morceau de viande humaine ... « Ce n'était pas si mauvais, déclara-t-il, cela avait le même goût que du veau, seul un palais très sensible aurait pu faire la différence ... »*

Je me réveille dans une ambulance. Dumè est assis à côté d'un homme en blouse blanche. Mais où est Patricia ? Je panique, j'essaie d'articuler sous le masque à oxygène : « … assassin. Pe … tru San … Petru … Sbroc … Ca … canni … bale …».

Le médecin me fixe, une seringue à la main : « Vous avez fait un malaise à l'aéroport, monsieur. Je vais vous injecter un petit calmant ». Je me débats, Dumè me maintient : « Allez, reste calme, Coco, on ne va pas te manger.»

***

A cent, je me casse !

Bon, c'est décidé. A cent, je me casse !

Un... deux... trois...

Mais qu'est-ce qu'elle fout ? Déjà un quart d'heure de retard ! Putain, ça se fait pas !

... sept... huit... neuf...

Je suis un mec organisé, moi, sinon on s'en sort pas. Je ne supporte pas les retards, et j'ai des règles. Les premiers rencards, c'est toujours de 19 h à 20 h. Jamais plus d'une heure. Les rencards où la baise est sûre et certaine, c'est 22 h. Jamais de dîner, ça m'emmerde les dîners, et puis ça coûte une blinde, à la longue.

... quatorze ... quinze ... seize ...

Le problème c'est le tri. Au début je me mélangeais les pinceaux. Les prénoms, les âges, j'étais complètement paumé. Alors je me suis fait un agenda Google, avec les dates de rendez-vous, les photos, les centres d'intérêt et toutes ces conneries. Juste avant les rencards, je peux voir ça d'un coup d'œil sur mon iPhone.

... vingt-deux... vingt-trois... vingt-quatre...

Ah, c'est peut-être elle, là ? Cette fille attend quelqu'un, ça se voit. Mais je suis pas sûr, je vais vérifier. Merde, y'a pas assez de réseau, j'arrive pas à charger sa photo. Comme un con, je lui ai dit que je la reconnaîtrai au premier coup d'œil. Je leur dis ça à toutes, ça plaît bien, ça marche pas mal ce truc. Ah ben non, c'est pas elle. Son mec est arrivé.

...trente-sept... trente-huit... trente-neuf...

Bon, j'ai son numéro, je lui envoie un texto. « kess tu fé ? >:o » Et toc, voilà ! On va pas s'étaler non plus, hein ?

…. Ta, ta la la, tap, tap…. … … … Pourquoi elle répond pas ? J'aime pas les gens qui répondent pas tout de suite.

J'en étais où ? Bon, je reprends à trente-cinq.

… trente-cinq… trente-six… trente-sept…

Elle doit être dans le Métro, ça doit pas passer…

… …

Peut-être qu'elle a pas enregistré mon numéro, et du coup elle sait pas qui c'est. Bon, je lui refais un texto : « c'est moi, Philippe :) »

… quarante-deux… quarante-trois… quarante-quatre…

En même temps, des Philippe y'en a des tonnes. Je vais préciser, mais après, basta ! « On s'est parlé sur AdopteUnMec ;-) »

Entre parenthèses, ça m'apprendra d'essayer les nouveautés. J'aurais dû rester sur Meetic, c'est plus sûr !

… cinquante-cinq… cinquante-six… cinquante-sept…

Mais bon, c'est vrai qu'elle était trop marrante, cette nana. Ça passait bien avec elle. Je lui aurais parlé toute la nuit. C'est elle qui a interrompu la conversation, je crois que c'est la première fois que ça m'arrive. Fallait qu'elle dorme, elle se lève tôt.

Allez, arrive, s'il te plaît. Bon, je me concentre et à soixante-dix, je te vois apparaître à l'escalator du Métro.

… soixante-huit… soi… xan… te… … neuf… une fois… soixante-neuf deux fois… et… …

Putain, elle fait chier, pourquoi elle vient pas ?

Est-ce que je lui ai dit quelque chose qui lui a pas plu ? Elle voulait pas faire Skype, elle aime pas Skype sans se connaître. Je n'ai pas insisté, j'ai juste demandé si elle pouvait m'envoyer une photo de ses seins à la place. Mais bon, c'était pour plaisanter. Elle a rigolé, d'ailleurs.

… soixante-dix-neuf… quatre-vingt… quatre-vingt-un…

Après, on a parlé musique et cinéma pendant deux heures, c'était chouette, je voyais plus le temps passer. Je sentais bien que le jazz et l'archéo-SF, c'était pas son truc. Mais je me suis trouvé bon, quand même, j'ai jamais autant parlé.

J'étais peut-être un peu long, je sais pas ?

… quatre-vingt-quinze… quatre-vingt-seize… quatre-vingt-dix-sept…

Bon, c'est mort, elle viendra pas. Putain, je suis maudit ! La seule rencontre à laquelle je tenais vraiment. Ça m'emmerde, ça m'emmerde ! Quelle connerie, ces sites !

Bon, puisque c'est comme ça, voilà ce que je te propose, mademoiselle-je-te-pose-un-lapin. Je compte à l'envers, et si tu arrives avant zéro, je te jure, tu m'entends, je te jure devant Dieu tout Puissant que je me désinscris de tous les sites. Tu as bien entendu, toi qui n'es pas là, c'est ta dernière chance. Allez, c'est parti !

… cent… quatre-vingt-dix-neuf… quatre-vingt-dix-huit…

***

Matthieu

Phil, je rentre pas, je déserte. Si tu veux me rejoindre, tu sais où je suis.

Le sms de Matthieu envahit mes pensées comme une migraine, au rythme de mes pulsions cardiaques. Je n'ai pas son courage, je n'en ai même pas eu l'idée. Lâchement, j'ai effacé le texto, immédiatement, comme s'il s'agissait d'une grenade dégoupillée.

Dès le lendemain de l'élection présidentielle, nous sommes consignés à la caserne. Plus aucune permission jusqu'à nouvel ordre. Le risque de désertion massive est trop grand. Seule une dizaine de soldats n'est pas rentrée, dont aucun gradé. L'état-major respire, il a évité le pire.

Le général Guyon est sombre. Il nous a réunis sur la place d'armes. L'atmosphère est irréelle. Pour la première fois, je vois un grand ciel bleu sur Sissonne. Dans ce faux décor urbain qui nous sert de centre d'entraînement, je ne pense qu'à Matthieu. A deux rangées devant, légèrement sur la droite, sa place est vide. Son profil, trois quart arrière dans mon champ de vision, me manque. J'ai mal.

Je t'ai traîné au Rex, il passe Intervista de Fellini. Je sens ton souffle quand tu chuchotes à mon oreille : « attends, Cinecittà, on dirait trop Sissonne ! » Je pars dans un long fou rire, pour cacher mon trouble. Tu es content de ton effet, tu me tapes dans le dos, exagérément, tu me secoues les épaules. La vie est un jeu avec toi, Matthieu.

Un vent chaud porte la voix du général. Les fumées de l'usine voisine diffusent une odeur de soufre. Ce qu'il va annoncer est inconcevable, pourtant nous nous y attendons tous.

« Comme vous le savez, des activistes ont pris les armes et occupent certains quartiers dans les grandes villes. Des déserteurs les ont rejoints pour former ce qu'ils appellent La Garde Nationale. Le gouvernement a demandé l'autorisation au parlement d'intervenir militairement. L'Assemblée a donné son accord. »

Nous nous embrassons debout dans le labyrinthe des couloirs de la station Strasbourg-Saint-Denis. Nous avons exactement la même taille, nos corps s'emboîtent parfaitement. Tes lèvres sont sèches, ta barbe naissante me pique, cette sensation m'excite. C'est la première fois que j'embrasse un garçon. Nous entendons des pas, des voix. Quelqu'un peut nous surprendre à tout moment.

« Le 94è RI est une unité de combat urbain, nous avons reçu l'ordre de faire mouvement vers la capitale. Vous vous êtes préparés depuis des mois pour cela. Vous êtes des professionnels au service de la République, il faudra oublier tout le reste. Quand vous vous êtes engagés, vous n'imaginiez pas vous battre contre des Français, encore moins contre d'anciens camarades d'arme. Mais la nation ne peut tolérer ni le chaos ni la trahison. Vous êtes au service de la France, je ne permettrai pas les états d'âme. »

Je te suis dans ce Paris des Boulevards que nous connaissons par cœur, que nous arpentons à chaque permission, dès que nous pouvons échapper à nos familles. Nous remontons la rue d'Hauteville, en point de mire cette église à colonnades de la place Franz Liszt. Les trottoirs sont étroits, la rue est mal éclairée. Nous ne pouvons marcher côté à côte. La gêne s'est installée, mais tu sais exactement où tu m'emmènes, et je te suis. On te reconnaît dans cet hôtel de la rue de Rocroy. Je ressens une jalousie brutale, violente. Tu rigoles, je te suis dans cet escalier sans fin.

Le GC 180 pue le kérosène, le bruit du moteur interdit toute conversation. La peur se lit sur les visages, aucun de nous n'est jamais allé au feu. Les téléphones, et même les lecteurs MP3, ont été confisqués. La guerre civile ne dit pas encore son nom, mais déjà la méfiance s'est installée. L'état-major fait volontairement régner la terreur pour parer à toute nouvelle défection. Nous n'avons eu droit qu'à un seul coup de fil à nos familles, en présence d'un gradé. Interdiction absolue de dévoiler notre destination. Impossible de dire à ma mère que nous ne passerons qu'à quelques centaines de mètres de la maison, à Aulnay. Mon père, lui, a paru beaucoup moins fier d'avoir voté Front National. Cette fois nous ne nous sommes pas engueulés.

Mon estomac est une pierre. La peur de combattre, le manque de Matthieu, je ne sais pas ce qui me fait le plus souffrir. La route de Sissonne à Paris n'en finit plus, la Nationale 2 est balayée par la pluie, le vent est glacial. La nature a repris ses droits. Dans les villes de banlieue que nous traversons, l'hostilité est palpable.

Caserne de Vincennes, le réfectoire, puis le dortoir. Je ne m'endors qu'au petit jour.

Tu es collé à mon dos, ton bras est replié, ta main posée à plat sur ma poitrine. Je suis réveillé, je ne bouge pas pour ne pas te déranger. Je voudrais te regarder dormir, mais je n'ose pas. J'essaie de capter ta respiration. Je ne la sens ni ne l'entends. Je suis inquiet, je me retourne. Tu es mort, une rafale de mitraillette a dessiné sur ton corps une diagonale en pointillés, rouges.

Je me réveille en sursaut en retenant un cri d'effroi.

Le convoi se dirige vers la Gare du Nord où nous devons prendre position, défendre ce point stratégique. Un regroupement de combattants de la Garde Nationale est signalé à proximité, place Franz Liszt. Des coups de feu, les premiers dans Paris, ont été échangés avec des policiers.

Je sais que tu es là, Matthieu. Tu es là dans notre chambre de l'hôtel Rocroy. Je me rapproche de toi, je suis tendu comme lorsque je te suivais dans la rue d'Hauteville. Je n'entends pas le sergent qui nous harangue, je ne sens pas les autres qui suintent de trouille, je ne vois pas le boulevard désert qui défile au cul du camion. Je me rapproche de toi, c'est tout.

***

Don Juan se ronge les sangs

Longtemps, je me suis couché de bonne heure ... Oublie ça, mec, c'était avant que tu la rencontres !

23 h 30, le barnum démarre. Prends-toi une vodka, il reste aussi un fond de jus d'ananas, ça passera mieux. C'est l'heure où elle se couche, il va lui sauter dessus, ce mec est un vrai bonobo, j'en suis sûr. Ah, tu étais bien content quand elle t'a dit qu'elle était mariée, au moins elle ne te collerait pas. Tu t'es piégé tout seul, comme un abruti. L'amour ne passerait jamais par toi, et maintenant tu es comme un con, raide dingue à te ronger les sangs. Je suis sûr qu'elle le laisse faire tout ce qu'il veut, à lui. Avec moi, dès la première fois, elle a annoncé la couleur : entre nous deux, je veux que le sexe reste simple, dépouillé, pur. Mon âme est à toi, mais pénètre-moi simplement, suce mes seins comme un enfant et pénètre-moi doucement, en silence ou avec des je t'aime, seulement des je t'aime. Elle me dit que ces restrictions sont la plus grande preuve d'amour. Les jours de nos rendez-vous, je suis stressé comme un ado, ça fait des années que ça dure. C'est toujours le même rituel sexuel, je me surpasse en tendresse pour la faire lâcher, la faire sortir des règles qu'elle a imposées. J'ai l'impression que tant que je ne lui aurai pas tout fait, elle ne m'appartiendra pas complétement. C'est obsessionnel, ça me met en rogne. Elle jouit, elle part dans son monde mais ne lâche rien, je suis dominé et complétement accro. Chaque semaine je remonte au front, chaque semaine je rentre perdant. Et l'autre qui en profite ! Faire l'amour avec moi lui donne envie de baiser avec son mari, bien bestialement, c'est sûr.

00 h 48, reprends-toi une vodka-ananas, repousse ces images, sinon c'est abyssal, c'est le trou noir, tu vas devenir fou. Etre amant, c'est accepter d'être trompé tous les jours, non ? J'ai compris sa théorie, sa construction mentale, ça y est, j'y suis. *Mon mari peut tout me faire, il a le droit, et c'est mon devoir de l'accepter.* Ouais, ouais, voilà la justification, le fantasme du sacrifice. Ajoutons-y une dose de rédemption : *je le trompe, je lui mens, il peut me salir, il peut même me battre s'il veut, c'est ma punition.* Je suis sûr que ça la fait jouir de penser à ça. Et lui, bienheureux, innocent qui ne se doute de rien, qui se prend pour le roi du Titanic.

01 h 24, troisième vodka, sans ananas cette fois. Mais peut-être que finalement elle lui impose les mêmes restrictions, qu'elle lui dit les mêmes phrases, lui déclame le même sermon, *fais-moi l'amour simplement, purement, patati, patata*. Alors là, c'est encore pire, je ne peux pas supporter l'idée qu'elle lui dise je t'aime, même en mensonge. Je ne peux pas supporter qu'elle soit tendre avec lui, qu'elle se sente bien dans ses bras comme dans les miens. Est-ce qu'elle dort contre lui ? Est-ce qu'elle se colle à son dos ? Qu'il la baise comme il veut, mais pas ça ! Non, pas ça, pitié ! Toute la nuit à profiter de sa chaleur, écouter la petite musique de ses ronflements, où moi je n'ai qu'une demi-heure par semaine, au plus. Salaud !

02 h 12, le fond de la bouteille, sans glaçon. Au début, tu faisais ton magnanime dominant. Mais oui, chérie, continue de lui faire l'amour, le pauvre, sinon il va se douter de quelque chose. Notre amour c'est la liberté et le respect, on ne va pas commencer par les règles, on est au-dessus de tout ça, notre amour est au-dessus de tout ça. Je t'admire, tu sais, moi je ne pourrais pas vivre avec une femme que je n'aime plus. Et maintenant, regarde-toi dans le miroir, allez, ose affronter

ton visage rongé, allez, avoue-le ! Tu donnerais n'importe quoi pour une petite femme bien gentille, bien plan-plan. Tu pourrais te venger de l'autre et de son roudoudou en train de s'agiter sur ses fesses, tu pourrais dissiper cette image et ne plus rester scotché devant cette série télé débile, incapable de déplacer cette enclume que t'as dans le bide.

02 h 50, tu es pitoyable, trop nul, va te coucher, et surtout n'essaie pas de te branler. Tu vas fantasmer sur elle, l'autre balourd va s'inviter dans tes pensées et tout faire capoter. C'est couru. Naturellement, j'ai plus rien à lire, j'arriverai jamais à dormir. Bon, je vais me refaire un Tintin. Je les connais tous par cœur, mais au moins je suis sûr qu'il n'y aura aucune histoire de cul. Quel veinard celui-là !

***

La ferme de la liberté

Ma cousine Sandrine qui est végétarienne avait liké un statut sur Facebook, lui-même partagé par une certaine Camille Bresson. La photo du profil de cette Camille Bresson montrait un bœuf éventré pendu à un crochet de boucher. Le statut, dont l'Association des Droits Animaux (ADA) était à l'origine, affichait comme la huitième merveille du monde la photo d'un plat composé, à la fois, de poivrons, de haricots blancs et de pois chiches. A exploser l'estomac, et jusqu'à la couche d'ozone si par malheur tout un pays s'amusait à en faire sa recette traditionnelle.

Le commentaire du statut disait :

Comment peut-on aimer les animaux et les manger ?

Comme j'étais ce soir-là d'humeur joyeuse et insouciante, je likais et commentais :

Marinés, grillés, au four. Je les aime à toutes les sauces.

A peine cliqué, je regrettai. Mais c'était trop tard pour effacer, Camille Bresson me répondait un *Ah, ah !* , suivi de l'émoticon rieur.

Je me dis tiens, une végétarienne qui a de l'humour ! J'étais prêt à me lancer dans mon numéro de drague habituel, mais un doute m'envahit. Est-ce que c'était bien une fille ? Ni son prénom ni la carcasse de son profil ne dévoilait son sexe. Je la jouais fine :

Tu es végétarien ?

Oui, oui. Mais je suis une fille.

Banco ! Je fis ma chattemite.

Désolé pour mon commentaire idiot. Et puis j'aime mon chien, je pourrais tuer si on lui faisait du mal.

Je m'abstenais de lui avouer que j'avais aussi mangé du chien, en Indonésie où j'ai vécu, et que j'avais trouvé ça très bon.

Y'a pas d'souci ! Pour te rattraper, t'as qu'à venir à la conférence sur la dissonance cognitive, organisée par l'ADA. Tu comprendras qu'en fait tu détestes la viande, mais tu ne peux pas te l'avouer.

Aïe, ce sont des timbrés ! Mais ma curiosité l'emporta. Pour la fille, pas pour la dissonance cognitive, vous aviez compris.

Ok, j'y serai. C'est quand ? Où ?

Tiens, voilà le lien, je t'attendrai à l'entrée. J'ai vu ta photo sur FB. Je te reconnaîtrai.

Je ne pouvais pas en dire autant pour elle.

La réunion avait lieu dans une ferme, en banlieue. Un coin de la vallée de la Bièvre. Je n'avais pas imaginé un endroit qui ressemble autant à la campagne, si près de Paris. Où il fasse aussi froid non plus. A l'entrée d'un hangar, le sosie de Virginie Ledoyen. Elle me fit un signe, c'était donc Camille. Je ne regrettais pas d'être venu.

– Salut, tu es bien Philippe ?

– En chair et en os.

Dans le contexte, c'était censé la faire sourire. Elle resta de marbre.

– Suis-moi, ça va commencer !

Avec une légère appréhension, je lui emboîtai le pas. Son attitude ne collait pas avec notre échange sur Facebook.

Il y avait là une vingtaine de personnes qui attendaient, assises par terre. Elles formaient un cercle au centre duquel il allait visiblement se passer quelque chose. Des animaux s'étaient invités. Une vache ruminait, couchée sur le flanc. Sur le sol, de la paille, où quelques cochons avaient déposé leur impôt encore fumant.

Camille Bresson repartit vers l'entrée. J'hésitai quelques secondes à la suivre. Trop tard, la porte de l'étable grinça, le loquet chut dans un fracas métallique, le grésillement des néons s'interrompit. Il y eut quelques instants de noir absolu avant qu'un spot poussiéreux ne suivît une procession étrange. Deux femmes et un homme se dirigeaient au pas cadencé vers le centre du hangar. Ils portaient des capes orange, frappées individuellement des lettres A, D et A. Le tout formait le logo de l'association. Plusieurs d'entre nous eurent le réflexe de se lever et fuir, mais furent immédiatement dissuadés par les grognements de chiens loups que la manœuvre provoqua.

Je commençai à paniquer. Mais, bordel, qu'est-ce qui m'avait pris de liker cette Camille Bresson ?

Le discours commença. Monsieur D parlait, mesdames A l'entouraient, légèrement en retrait.

– Comme vous vous en doutez, vous êtes ici parce que vous avez besoin d'aide. Chacun d'entre vous a manifesté une hostilité envers notre action, parfois agressive, souvent sarcastique. Mais par ailleurs, vous avez fait preuve d'amour envers les animaux. Vous êtes donc en dissonance cognitive, et nous allons vous aider à en sortir.

S'en suivit un discours lénifiant sur l'âme des animaux. Le leitmotiv de l'ADA était l'interdiction totale de consommation de viande. Je retrouvai du poil de la bête et coupai la parole de l'apôtre.

– Interdira-t-on également aux animaux carnivores d'en manger d'autres ?

– Nous les éduquerons progressivement. Par définition, ils sont innocents.

– Vous dites qu'ils ont une âme. Dans ce cas, comment peuvent-ils rester innocents ?

L'échange provoqua un brouhaha, sèchement interrompu par le maître.

– Bon, nous allons maintenant passer aux entretiens individuels. A l'appel de votre nom, je vous prierais de suivre nos sœurs A.

Les chiens tournaient autour du groupe, sans discontinuer. Les gens étaient paniqués, ils restaient silencieux, n'osaient pas se parler ni même se regarder. Ils comprenaient que leur vie était en danger.

Après plus de deux heures d'attente dans une humidité glaciale, ce fut mon tour. Encadré des deux sœurs A, j'entrai dans une pièce sans fenêtre. Un tribunal de cinq membres, tous cagoulés, se tenait là. En face, une chaise où l'on m'installa. Un acte d'accusation fut longuement déclamé. Toutes mes interventions sur les réseaux sociaux y étaient consignées et datées, jusqu'aux plus anodines. Cela finissait par mon échange avec Camille Bresson. Ensuite, le juge qui tenait la position centrale prit la parole :

– Nous sommes prêts à abandonner toutes ces charges. Nous vous demandons simplement de signer cette déclaration qui vous mettra en accord avec votre vrai moi. Elle vous engagera solennellement à ne plus consommer de viande. La méthode peut vous paraître un peu brutale, mais plus tard vous nous remercierez.

– Et si je refuse ?

– Nous vous garderons quelques temps à la ferme, dans les conditions d'élevage habituelles des animaux.

– Allez tous vous faire foutre ! Vous êtes complètement tarés.

*

Je suis resté enfermé dans une cage, nu, comme une poule de batterie, nourri par mes propres excréments mélangés à des protéines. J'ai résisté pendant trois mois, et puis j'ai supplié qu'on me laisse une nouvelle chance de signer.

*

J'ai perdu l'usage de la parole, alors on me garde à la ferme, au service des animaux. Je suis content, je peux communiquer avec eux, je les comprends et ils me comprennent aussi. Non, je ne regrette plus d'avoir liké Camille Bresson. L'autre jour, elle est passée, elle m'a embrassé sur le crâne, parce que depuis cette histoire je ne peux plus me tenir bien droit, voyez-vous.

***

Le Père Noël de Kaliningrad

« Bonjour, je suis le Père Noël, j'ai 296 ans, et comme mon cousin Emmanuel Kant, je suis né dans l'Oblast de Kaliningrad. Je l'ai vu naître, enseigner et mourir. A cette époque, la ville était prussienne et s'appelait Königsberg. De nos jours, c'est une enclave russe dans l'Union Européenne... »

Dès les premiers mots, tous les vieillards furent intrigués, autant qu'on puisse distinguer cet état de l'hébétude sénile dans laquelle la plupart étaient plongés. Le directeur de la résidence, « alliance d'un hôtel de luxe et d'une maison de retraite médicalisée » telle que la décrivaient prospectus et site Internet, était inquiet car lui aussi découvrait ce spectacle.

Le comédien s'était recommandé d'Aleksandr Doroshkov, fils du seul résident russe de l'établissement, Konstantine Doroshkov. Cet oligarque avait officiellement fait fortune dans le commerce du bois, profitant de la libéralisation de l'économie opérée par Boris Eltsine. Mais en 1999, au sommet de sa gloire, un grave AVC l'avait laissé hémiplégique et dysarthrique. Il était veuf depuis longtemps et on avait jugé bon de l'envoyer en rééducation sur la Côte d'Azur où il avait ses habitudes. Les soins n'avaient permis que très peu de progrès, alors le milliardaire, ne pouvant plus gérer ses affaires, était resté là, dans cette luxueuse maison de retraite située sur les hauteurs de Hyères. Il en occupait depuis quinze ans la suite royale, d'où la vue panoramique englobait Saint-Mandrier, la presqu'île de Giens et les Îles d'Or jusqu'au Levant.

Aleksandr Doroshkov, son fils unique, avait été nommé directeur général de l'entreprise, mais son père restait l'actionnaire majoritaire. Aleksandr n'était finalement qu'un employé très bien payé. La fortune familiale, habilement disséminée dans des paradis fiscaux, lui était inaccessible. Le vieux refusait une donation de son vivant, et toute discussion à ce sujet tournait court. Konstantine Doroshkov s'énervait, devenait écarlate, baragouinait en russe quelques injures que sa dysarthrie rendait incompréhensibles. Chaque année, au mois de mars, Aleksandr subissait l'humiliation de voir son père vérifier, longuement et scrupuleusement, de son seul œil valide, les comptes annuels avant de les signer. Une mimique méfiante accentuait alors la déformation de son visage.

Désormais, le fils ne rendait que de très rares visites au père. Il ne quittait pratiquement plus l'Oblast de Kaliningrad, où il habitait avec sa femme et leur nombreuse descendance, trois fils, deux filles et déjà sept petits-enfants. C'est là que ce Père Noël, d'un genre très particulier, était venu le contacter.

Dans la salle, le spectacle continuait. Les spectateurs mentalement valides hésitaient entre le rire et l'attitude inspirée, comme si les propos abscons du comédien étaient porteurs d'un message philosophique. Il faut préciser que le bonhomme était entièrement vêtu de noir, portait un masque parfaitement ressemblant d'Emmanuel Kant, simplement affublé d'un bonnet de Noël peu ostentatoire. L'effet était saisissant, on eût dit que le sort du Christ était entre ses mains, et qu'il portait sous sa cape la clé du mystère de Dieu.

« ... Au XIXè siècle, mon cheptel de rennes atteignait jusqu'à 4000 têtes, nous affrétions les cadeaux de tous les peuples slaves, à l'Est jusqu'aux Ruthènes, Houtsoules et Lipovènes, au Sud jusqu'aux Pomaques et Carashovènes.

Mais en hiver 1945, lors du siège de Königsberg, les nazis encerclés les ont dévorés jusqu'au dernier. Ensuite, pendant la période soviétique, toute importation de rennes depuis la Fennoscandie était interdite, même depuis la péninsule russe de Kola où pourtant ils pullulaient. Nous arrivions à distribuer quelques cadeaux sous le manteau, mais uniquement dans l'Oblast. Depuis 2004, un article des accords de Schengen nous permet d'entretenir un attelage de 6 bêtes. Nous avons dû limiter notre activité à une clientèle d'exilés fortunés. Aussi je vous demande d'applaudir ceux grâce à qui, moi, le Père Noël, suis parmi vous ce soir : Konstantine Doroshkov, ainsi que son fils Aleksandr qui, retenu par ses affaires, ne peut malheureusement pas être parmi nous ce soir ... »

Le public se retourna vers Konstantine qui s'agitait sur son fauteuil roulant, exsudant ce qui ressemblait à des rots mais étaient peut-être des mots. De toute façon, personne n'avait jamais compris ce grabataire répugnant qui ne descendait que très rarement de son dernier étage privatisé.

Comme le Père Noël commençait à distribuer à chacun des paquets joliment emballés, on sourit donc aimablement au vieux Russe.

Le directeur de l'établissement se détendit. Il n'aimait pas les surprises mais n'avait pu refuser la lubie du fils Doroshkov, qui assurait bon an mal an un quart de son chiffre d'affaires. Il se félicitait tout de même d'avoir maintenu, en seconde partie du spectacle, les guitaristes « mexicains » du Sombrero-Club de Fréjus-Saint-Raphaël, qui sauraient redonner plus de gaîté et de légèreté à la soirée.

Aux premières mesures des Mariachi, le Père Noël Kanto-Kaliningradois demanda la permission au directeur de ramener Konstantine Doroshkov dans ses appartements. Le grabataire avait l'air fatigué, la soirée avait été chargée en émotions. Le directeur accepta volontiers. Les résidents, encore dans l'ambiance de cet étrange spectacle, étaient perturbés par la présence des deux Russes. Une infirmière procéda à la toilette de l'infirme, puis l'installa dans son lit. Comme il semblait anormalement agité, elle doubla sa dose d'imidazopyridines, tel que le prévoyait le protocole. En se retirant, elle informa le comédien que monsieur Doroshkov s'endormirait dans une demi-heure au plus.

Le Père Noël, resté seul avec le vieux, laissa s'écouler deux minutes, puis plongea la main à l'intérieur de sa cape noire, d'où il sortit une lettre, un mouchoir et enfin une seringue. Le vieux eut une expression de sidération, mais l'autre lui enfonça le mouchoir dans la bouche avant qu'il puisse émettre un son, puis attacha son seul bras valide à la sangle du lit médicalisée, prévue pour les patients agités.

Aleksandr Doroshkov avait souscrit à l'option « lecture d'une dernière lettre », qui pourtant doublait le tarif de la prestation. Le Père Noël décacheta l'enveloppe, et récita le texte en russe, en détachant chaque syllabe.

« Papa, tu vas mourir. Tu as pourri toute ma vie, alors je vais pourrir tes dernières minutes. Le Père Noël va te faire une injection létale à effet lent, puis il éteindra les lumières. Les derniers mots que tu vas entendre sont ceux de Kant, que chaque soir tu me citais quand je te suppliais de ne pas me laisser dans le noir. J'avais cinq ans, j'étais terrifié, maman était morte, et tu reportais sur moi ta perversité : "Dans les ténèbres, l'imagination travaille plus activement qu'en pleine lumière". »

Le Père Noël procéda à l'injection, elle serait insoupçonnable. Il éteignit les lumières, répéta une dernière fois la phrase de Kant, lentement. Dans les ténèbres, l'imagination travaille plus activement qu'en pleine lumière. Il attendit patiemment que la substance fasse son effet. Après le dernier râle du vieux, il retira le mouchoir et rangea soigneusement son matériel qu'il camoufla sous sa cape.

Dans le couloir, il croisa l'infirmière.

« – C'est bon, il dort. »

Elle lui sourit.

« – Merci Père Noël, bon retour. »

Il ne lui restait plus qu'à envoyer le message codé qui signifiait que sa prestation avait été réalisée avec succès. Il tapota sur le clavier cyrillique de son téléphone :

С Рождеством Христовым, Александр (*)

Puis il prit le chemin de l'aéroport de Nice où l'attendait un jet privé qui le ramènerait à l'Oblast de Kaliningrad.

***

(*) Joyeux Noël, Aleksandr.

Alexandre le Délirant

– Monsieur Fantoni, vous avez pris vos Zyprexa ? Attention, je vous ai à l'œil !

Tu m'impressionnes pas, petite merde d'infirmier. Un jour, je te désintégrerai. Pour l'instant, je joue ton jeu. Le temps n'a aucune importance pour moi. Tu peux m'enfermer entre quatre murs capitonnés, tu peux me bourrer de médicaments, tu n'as aucune prise sur moi. Je conditionne mon corps, je me prépare mentalement.

– Oui, oui, chef, je suis obéissant comme un toutou ! J'ai compris la leçon. Désolé, je peux pas vous faire la conversation, vous savez qu'il faut que j'regarde les infos, c'est important.
– D'accord, à condition que vous n'excitiez pas les autres, sinon je le signalerai au psy et il vous remettra en isolement, c'est bien compris ?
– Oui, oui, chef, c'est promis.

J'ai peur et je suis excité à la fois, quand tu apparaitras à l'écran, c'est à moi que tu parleras, à moi uniquement. Tout le monde t'entend, pourtant c'est à moi seul que tu parles. Toi seule es capable de prendre le contrôle de mes pensées.

Sur l'écran, Davis Pujadas, mèche impeccable, sourire en coin, interroge Marine Le Pen. Elle promène son regard du présentateur à la caméra. Alexandre Fantoni baisse les yeux et entame un balancement d'avant en arrière sur sa chaine, à la manière d'un religieux en prière.

Non, maman, ne me regarde pas comme ça, maman je n'ai rien fait.

Dans son souvenir délirant, Alexandre Fantoni a quatre ans. Sa mère est ivre et le frappe sans autre raison que sa propre névrose.

Tu es mauvais, Alexandre, même ton père n'a pas voulu de toi. Ton père est parti à cause de toi.

C'est le seul souvenir de sa mère. Un jour elle est partie et Alexandre s'est retrouvé dans une famille qui ne le battait pas, qui le nourrissait mais qui ne l'aimait pas. La nourrice n'avait plus d'amour à distribuer. A seize ans, Alexandre Fantoni fugua. Comme cela arrangeait tout le monde, on ne le rechercha pas sérieusement.

Les premiers délires d'Alexandre débutèrent vers ses vingt ans. Il habitait un foyer, dealait et revendait parfois des autoradios volés. Il fumait une dizaine de pétards par jour. Un jour, il partit tout droit sur la bande d'arrêt d'urgence de l'autoroute A6. On ne l'arrêta qu'à la nuit, il avait parcouru vingt-cinq kilomètres. Depuis, il passait de longues périodes à l'hôpital psychiatrique de Villejuif, entrecoupés de quelques courts retours au foyer où ses crises le rattrapaient immanquablement.

Il ne peut fixer Marine Le Pen parce que c'est sa mère qu'il voit. Il a reconstruit le souvenir de sa mère à partir du regard et de la voix de Marine Le Pen. Quand elle parle, c'est à lui qu'elle s'adresse, ses mots sont transformés. Ils forment des messages que lui seul sait décrypter.

Tu es mauvais, Alexandre, même ton père n'a pas voulu de toi. Ton père m'a quittée à cause de toi.

Le délire se fait plus intense. Le balancement d'Alexandre est incontrôlable.

Et ton père, Alexandre, ton père, c'est lui.

Le regard de Marine Le Pen, depuis l'écran de télévision, se porte sur l'infirmier qui prépare les piluliers.

Alors Alexandre se lève, en transe, décroche la télévision de son support, se dirige vers l'infirmier, et la lui fracasse sur la tête.

***

Totoche

Ce soir c'est la fête du club de foot, ça se passe une fois par an, juste avant les vacances. Tout le monde est invité à la buvette du stade. Les vieux sont à leur table, ils boivent, ils se chauffent comme d'habitude, ça parle de plus en plus fort on ne s'entend plus. Ils se la pètent car ils ont fini premier de leur championnat des vétérans. Il y a aussi leurs femmes, elles papotent entre elles, en bout de table. Du comptoir, je les observe. Totoche sort vanne sur vanne, à propos de tout et n'importe quoi, et tout de suite après on entend HA ! HA ! HA ! HA ! HA ! HA ! Les gens adorent les vannes de Totoche quand ça ne tombe pas sur eux.

Totoche, c'est aussi l'entraîneur de l'équipe première, la mienne, celle des jeunes. Il dit qu'on est une famille, qu'on doit être toujours solidaire quoi qu'il arrive. Quand on joue, il arrête pas de nous gueuler dessus, et dans les vestiaires c'est pire. Lui, il a consacré sa vie au club. En 2002, il a amené l'équipe jusqu'en 32ème de finale de la coupe de France. Moi j'étais pas encore arrivé, mais il y a les photos et l'article du Parisien affichés à la buvette. Ça fait rêver. Depuis cette époque, dans le village c'est une vedette, Totoche. Monsieur le maire le salue tout le temps au café. Un jour il lui a dit : heureusement que vous faites pas de politique Totoche, j'aurais aucune chance contre vous. Totoche, il a répondu : vous savez ce que j'en pense monsieur le maire. Les politicards c'est tous des pourris, faut les pendre haut et court, sauf vous bien sûr, monsieur le maire. HA ! HA ! HA ! HA ! HA ! HA ! Tout le monde s'esclaffe quand Totoche fait une blague, et lui c'est le premier à rire de ses propres plaisanteries. Quand il rigole, Totoche, ça fait trembler les murs, moi je me bouche discrètement les oreilles, sinon j'ai comme des craquements dans mon cerveau. Le maire a rigolé aussi, il a compris depuis longtemps qu'il fallait pas trop insister, vaut mieux pas lui tenir tête à Totoche. Il charrie tout le monde. Je sens bien qu'il y en a qui le trouvent lourd, mais ils ont peur de lui ça se voit. Ils ont peur aussi de sa bande de potes, les vieux du club, ils sont à la vie à la mort. Sur le terrain, les vieux, ils courent pas beaucoup, on les voit souvent mains sur les hanches et bide en avant. Ils regardent les actions de loin. Par contre, pour rejoindre la buvette après le match, ils sont beaucoup plus rapides. Ils gèrent leurs apéros comme des pros, les stocks de pinard et de saucisson sont tenus mieux qu'à Auchan.

Cette année, il y a eu un événement inhabituel au club. Un nouveau est venu s'inscrire dans l'équipe des vieux. Personne ne le connaissait, il habite au foyer des migrants. Il s'appelle Abdulaï, mais on l'appelle Abdu. Il est Ghanéen. C'est monsieur le maire qui l'a envoyé, il paraît qu'avant c'était un pro dans son pays. Il parle mal le français. Il sourit tout le temps, mais on voit bien qu'il comprend rien aux blagues de Totoche. D'ailleurs, au début, Totoche, il faisait la gueule quand le type est arrivé. Il était pas content que le maire lui mette la pression pour le faire jouer. Seulement voilà, il est dix fois meilleur que tous les autres, il marque presque tous les buts, et à lui seul il peut faire gagner un match. Totoche, il pourrait plus se passer d'Abdu.

Justement, le voilà qui arrive, Abdu. Il connaît personne alors naturellement il se dirige vers Totoche et ses vieux. Il a son grand sourire, comme d'habitude.

– Salut Abdu, t'as raison de sourire, sinon on te verrait pas dans le noir.

– HA ! HA ! HA ! HA ! HA ! HA !

Il commence fort, Totoche. Abdu tape dans les mains de ses co-équipiers, comme quand on sort du terrain. Il a pas compris la blague, surtout que la sono est à fond. Totoche continue, il a la forme ce soir. Et surtout, ils en sont à leur neuvième tournée, j'ai compté.

– Tu veux du saucisson, un verre de rouge, Abdu ?

Il lui tend une assiette, un verre. Il manque de tout renverser.

– Merci, Totoche. Plutôt un verre de Coca.

– Ah oui c'est vrai ! C'est haram !

Il se tourne vers les autres

– C'est haram, Adam ? Non, c'est Casher, madame !

– HA ! HA ! HA ! HA ! HA ! HA !

– Vous avez compris ? Ram-adan ? chère-madame ?

– HA ! HA ! HA ! HA ! HA ! HA !

Le sourire d'Abdu se crispe.

– Je comprends pas, Totoche, sorry ! Je parle pas bien le français.

– C'est quoi ta langue ? Zoulou zoulou ? Guili guili ?

– HA ! HA ! HA ! HA ! HA ! HA !

Il y a le rire de Monique, la femme à Totoche, qui domine tout.

– Arrête Totoche, s'il te plaît ! Je vais me faire pipi dessus.

– Tiens, en parlant de pipi, Monique, tu sais qu'on a jamais vu sa Zézette, à Abdu ! Môssieu Abdu ne prend pas la douche avec nous, figure-toi !

Il se tourne vers Abdu.

– Tu sais, ça nous intrigue Abdu. On dit que les gens de couleur – il prend un air de faux-cul quand il prononce gens de couleur – ont une réputation de… Enfin tu vois ce que je veux dire, Abdu ?

Il s'accompagne d'un geste obscène. Il mime une masturbation, mais comme s'il avait une énorme bite.

– HA ! HA ! HA ! HA ! HA ! HA !

Cette fois Abdu ne sourit plus du tout, il est sidéré, pétrifié. Il regarde les autres, l'air de leur dire faites quelque chose, Totoche est complètement bourré. Aucun ne regarde Abdu en face, ils baissent la tête et fixent leurs pieds, mais tous continuent de pouffer. Ils essaient de retenir leur rire, mais du coup ça fait des bruits de pets. Monique lui jette des regards en coin, elle s'étouffe, ça fait comme des vagues, elle hoquète, elle bave, renifle et finit par se moucher dans sa serviette. Elle essuie son rimmel, elle en a jusque sur ses bajoues.

– Arrête, Totoche, je t'en supplie, arrête ! Tu vas nous faire mourir.

Mais Totoche, il peut plus s'arrêter. C'est un chasseur, Totoche, et là, il a l'odeur du sang dans les naseaux, dans la gorge. C'est la curée, il est le chef de la meute. Il est rouge, il gueule, il postillonne.

– Allez, Abdu, maintenant il va falloir nous montrer ta bite. Ici, tout le monde connaît la bite de tout le monde. C'est ça l'esprit d'équipe ! Allez Abdu, allez Abdu, allez !

– ALLEZ ABDU, ALLEZ ABDU, ALLEZ ! ALLEZ ABDU, ALLEZ ABDU, ALLEZ !

– À poil Abdu ! À poil Abdu ! À poil … !

– À POIL ABDU ! À POIL ABDU, À POIL … !

Ils gueulent comme ça pendant une minute. Elle est interminable, cette minute. Ils font plus de boucan que la musique. Les autres tables sont intriguées, les gens commencent à se retourner.

– À POIL ABDU ! À POIL ABDU, À POIL … !

Il est grand, le Ghanéen, on voit que lui. Mais lui, il ose regarder personne. Il fixe un angle mort, au-delà de la table des vieux. Dans cet angle mort, il y a le bout du comptoir, et moi je suis assis là, tout seul. Il me regarde sans me voir. Je lui fais signe de me rejoindre, et d'un coup il me calcule. Instantanément, il retrouve son sourire, contourne les tables pour me rejoindre. Il me quitte plus des yeux, comme si les autres n'existaient plus.

– Oh p'tit frère, comment tu vas ?

– Super, Abdu, et toi ? Je t'offre un Coca ?

– Ah non, laisse ! C'est moi...

A la table des vieux, ils sont déjà passés à autre chose. Totoche ressert une tournée.

***

La migraine d'Arthur Rubinstein

Ce matin-là, Arthur s'était réveillé avec un mal de tête très handicapant. Mais il était impossible d'annuler le concert. Vous imaginiez les titres des journaux du monde entier.

San Francisco, 25 avril 1945 : Arthur Rubinstein annule le récital d'inauguration de la conférence constitutive de l'ONU pour raisons personnelles.

Les représentants de cinquante et une nations étaient présents, dont une bonne vingtaine de chefs d'état. Alors quand vous êtes le producteur d'un si grand pianiste, il faut trouver une solution. Et surtout ne pas le brusquer.

D'abord, vous distribuez les rôles : sa femme Aniela sera la seule autorisée à entrer dans la chambre, en dehors du médecin bien sûr. Son attaché de presse sera chargé de communiquer avec les journalistes qui ont déjà envahi les salons du Palace Hôtel. Et vous, en chef d'orchestre, vous organisez votre cabinet de crise au dernier étage, où se trouve la suite royale occupée par le maître.

Quand Aniela vous annonce, à midi, que le traitement administré par le meilleur spécialiste de la ville n'a eu aucun effet et qu'il sera impossible au maître d'honorer son engagement, une mauvaise chaleur vous envahit. Certes, il s'agissait de simplement jouer l'hymne américain, il ne serait pas difficile de trouver un remplaçant. Mais ce n'est pas la question, seul le symbole compte réellement dans cette représentation. Un immense artiste juif polonais se produisant devant le concert des nations l'année même où l'Europe est libérée du nazisme.

Alors vous expliquez à Aniela que la qualité de la représentation n'a aucune importance, de plus celle-ci ne durera que quelques minutes. Vous proposez un compromis : Arthur ne sera pas tenu de participer au dîner qui suivra, il lui suffira d'échanger une poignée de main avec le président Truman devant les photographes. Vous y ajoutez un soupçon de flatterie : de toute façon, le maître serait capable d'assurer la meilleure prestation avec des boules Quies et des gants de boxe.

Aniela vous écoute avec gentillesse, mais elle ne se fait pas d'illusion. Après un aller-retour au chevet de son mari, le couperet tombe. Il n'est pas question pour Arthur de jouer la moindre comptine s'il n'est pas en capacité de donner le meilleur de lui-même. Ah, ces divas !

Quand il est 17 heures et que Rubinstein ne se présente pas à la conférence de presse prévue dans les luxueux salons du palace, vous allez au feu et vous improvisez : le maître a une légère indisposition. Mais oui, il sera présent au dîner inaugural. Oui, il fera un mini-récital comme prévu. Oui, il jouera l'hymne américain selon ses propres arrangements.

Pendant que vous déballez tous ces propos mensongers mais rassurants, votre cerveau mouline jusqu'à surchauffer pour trouver une solution. Une idée surgit, alors vous bâclez les dernières réponses et écourtez la conférence. Vous foncez à la réception et demandez qu'on vous passe le Consulat de Pologne de San Francisco. Vous rejoignez la cabine qu'on vous indique, la 19. Vous captez dans cet espace le mélange harmonieux de toutes les langues du monde, mais vous vous concentrez et demandez à ce qu'on vous passe le Consul en personne, de la part du secrétaire personnel d'Arthur Rubinstein.

*

Le lendemain, en lisant le journal, un sentiment de fierté vous transporte. Vous aviez eu l'intuition que seul un sentiment élevé pouvait transcender l'artiste et lui faire oublier son mal. Vous avez compté sur l'éveil de ses sentiments patriotiques, sur le traumatisme de ses années de souffrance, puis de son exil. Vous lui avez envoyé le Consul de Pologne lui-même qui réussit à le convaincre. Certes, vous avez eu des sueurs froides lorsque le maître, d'une humeur massacrante due à son mal de tête, faillit provoquer un incident diplomatique, mais le succès final n'en fut que plus triomphal. Ainsi, vous avez transformé un récital quasiment annulé en un événement dont on se souviendra pendant des dizaines d'années.

*

San Francisco Chronicle, 26 avril 1945 :
Conférence de l'ONU : Arthur Rubinstein crée l'émotion

Hier soir, dans les salons du Palace Hôtel de San Francisco, le grand pianiste Arthur Rubinstein devait jouer, en ouverture de la conférence constitutive de l'ONU, l'hymne national américain.

Au moment de s'installer au piano, le maître lance un regard circulaire sur les drapeaux nationaux présents dans la salle. Il se lève, très pâle. La salle retient son souffle, on le pensait souffrant. Il avance au bord de la scène et déclare : «

Dans cette salle où vous allez construire l'avenir du monde, il n'y a pas de drapeau polonais, mon pays d'origine, et pour lequel vous avez combattu. Pour cette raison, je vais jouer l'hymne national polonais, et je vous demande de vous lever ! »

Après quelques secondes d'un silence gêné, le président Truman et quelques autres se levèrent. Par reflexe, ils furent imités par tous les participants dont la plupart ne comprenaient pas l'anglais. Ce fut le cas, en particulier, du représentant russe. Fort heureusement, les propos de Rubinstein n'avaient pas été traduits.

Bravo l'artiste !

***

Monsieur Kurtz et le curé de Saint-Laurent

Je l'ai trouvée contre ma porte, à demi-inconsciente. Je ne la connaissais pas mais je l'ai reconnue. Je l'avais croisée un jour à l'église Saint-Laurent, dans le Xe arrondissement de Paris, alors que j'y glanais des renseignements pour un roman en cours. Elle m'avait marqué car elle était prostrée au pied de l'autel, seule et très en avant de la première rangée de bancs. Elle avait senti ma présence et croisé mon regard avant que je ne le détourne. J'étais très curieux des motivations et de l'intensité de sa foi, mais je craignais de la choquer par ma simple présence, comme si mon incroyance se lisait sur mon visage.

C'était la pleine nuit, je naviguais depuis des heures entre des photos de stars nues et d'hommes politiques en situations ridicules, incapable de pondre une seule ligne. Elle n'avait ni sonné ni frappé. Dans le silence total, j'avais simplement perçu des frottements contre le battant. Par l'œilleton panoramique, je vis sa silhouette déformée, comme plaquée sur le rebord inférieur d'une centrifugeuse. Avant d'ouvrir, je m'assurai que ce n'était pas un piège, personne d'autre ne se trouvait dans le couloir. Je réussis à l'asseoir sur une chaise de cuisine. Elle me fixait, sa tête dodelinait. Je pensais qu'elle était ivre ou droguée. J'hésitais à appeler SOS médecins, peut-être ne le souhaitait-elle pas ? Je l'interrogeai, secouai ses épaules pour tenter de lui faire reprendre ses esprits, lui donnai en vain quelques tapes sur les joues. Alors je l'ai soulevée pour l'allonger sur le canapé, elle était si légère qu'on eut pris son corps pour une simple enveloppe. Elle refusa la position couchée, se redressa sur le canapé, comme terrorisée par ma tentative. Je n'insistai pas, soulagé de cette réaction. Je retournai à mon ordinateur portable, que j'orientai de façon à pouvoir la surveiller, par-dessus l'écran.

Son regard, pourtant absent, ne me quittait pas et m'incita à me concentrer sur mon texte, comme si elle me surveillait. Je bouclai un chapitre retors et, pour la sortir de sa léthargie, je décidai de le lui lire. Le roman s'inspirait de l'histoire de ce prêtre de l'église Saint-Laurent qui, en pleine Commune de Paris, fut soupçonné par les révolutionnaires d'enlever des jeunes filles, et de les enterrer vivante au fond de sa crypte. On parlait même de cannibalisme. Des ossements y avaient été retrouvés et le Docteur Gachet, celui du portrait de Van Gogh, avait été prié de donner son avis citoyen sur les fémurs ainsi que sur le coupable désigné. Cette histoire pleine de coïncidences me fascinait, et mon personnage, inspiré du Docteur Gachet, plongeait dans la crypte autant que dans les sombres anfractuosités de l'âme du curé. Il l'interrogeait jusqu'à la torture, l'interrogeait à devenir lui-même fou, interrogeait jusqu'au Christ sur sa croix, et les pénitents sur les toiles de petits maîtres.

Dis-moi, mon Dieu, cette demeure qui est tienne est-elle aussi celle du prince des ténèbres ?

Il n'obtint jamais d'aveux, ni de Dieu ni des maîtres, et le curé disparut à la faveur des événements. Les Mémoires de Louise Michel faisaient état d'une rumeur persistante. Le curé tueur aurait fui dans les colonies africaines.

Quand j'ai fini ma lecture, l'inconnue n'a pas réagi immédiatement à mon récit. Mais après quelques minutes, elle commença à articuler des bribes de paroles, que je ne compris qu'au prix d'un grand effort.

« – Pourquoi ont-ils enlevé monsieur Kurtz ? Pourquoi l'ont-ils embarqué sur le bateau hurlant ? Ils l'ont arraché au cœur des ténèbres, à la forêt, à son sang. Son corps aurait dû nourrir la terre sauvage, mais les colons l'ont emmené sur le fleuve. A la lumière, il est mort, privé de sa sève il s'est asséché. Alors ils l'ont jeté dans l'océan. Honte à eux ! Ils ont privé le Dieu blanc de la terre sacrée qu'il avait lui-même ensemencée. Mon prince des ténèbres est au fond de l'océan »

Je ne savais pas comment me comporter, j'étais à nouveau tenté d'appeler SOS Médecins. Mais si ses paroles étaient délirantes, son regard était cependant plus expressif, sa pâleur avait disparu. Instinctivement, je jugeai que le danger s'éloignait et je la laissai poursuivre sa transe. J'étais aussi très curieux de la suite de son histoire.

« – Les colons de la Compagnie tiraient des coups de feu depuis le bateau, et je ne me suis pas couchée. Le sang coulait sur ma jambe, de la rive j'ai reculé jusqu'à la lisière, j'ai pris la couleur de la forêt, je suis devenue invisible. Et lorsque la fumée des fusils s'est dissipée, monsieur Kurtz m'a vue. Gisant, presque mort, sur la banquette du poste de pilotage, lui seul a pu distinguer ma silhouette sur le rivage, et moi seule avais perçu son regard. Sur le pont, les crétins de colons riaient grassement pour oublier leur peur. Le vapeur glissait sur le fleuve avec son trésor d'ivoire, le trésor de mon prince blanc cannibale, et filait vers l'océan. La terre se déchirait entre monsieur Kurtz et la forêt, j'en ressentais la douleur comme s'il s'agissait de mon corps. Ma longue plainte couvrait le vacarme de la sauvagerie. »

Elle se mit à trembler. Elle se recroquevilla et cette fois accepta de s'allonger sur le canapé. Je la couvris d'un édredon, elle s'apaisa lentement et finit pat s'endormir.

J'avais l'étrange impression de connaître cette l'histoire. Je retournai à mon écran et googlisait Kurtz. Trop de résultats. J'affinais avec Kurtz + fleuve. Résultat : « Au cœur des ténèbres, roman de Joseph Conrad, paru en 1899 … » Les sensations très fortes de cette lecture d'adolescent resurgirent instantanément. Je poursuivais sur Wikipédia :

Au cœur des ténèbres relate le voyage de Charles Marlow, un jeune officier de marine marchande britannique, qui remonte le cours d'un fleuve au cœur de l'Afrique noire. Embauché par une compagnie belge, il doit rétablir des liens commerciaux avec le directeur d'un comptoir au cœur de la jungle, Kurtz, très efficace collecteur d'ivoire, mais dont on est sans nouvelles. Le périple se présente comme un lent éloignement de la civilisation et de l'humanité vers les aspects les plus sauvages et les plus primitifs de l'homme, à travers à la fois l'enfoncement dans une nature impénétrable et potentiellement menaçante, et la découverte progressive de la fascinante et très sombre personnalité de Kurtz.

Les détails du roman revenaient à mon esprit. Kurtz avait une « fiancée sauvage ». Quand la compagnie avait embarqué Kurtz, quasi mourant, la plainte de la fille avait glacé les passagers du vapeur qui s'éloignait. J'étais impressionné que ma voisine ait pu s'identifier à un tel personnage, à Paris en 2015, dans un monde qui n'a rien à voir, où seule la littérature pouvait nous faire vivre de telles aventures. Mais ça me laissait tout de même perplexe. Je revoyais la jeune femme prostrée au pied de l'autel à Saint-Laurent, dans le lieu-même où un autre genre de « prince des ténèbres » avait séquestré et torturé. Instinctivement, je comparais les dates. Moins de vingt ans séparaient les deux événements. Brusquement, mon cœur battit la chamade aux pensées qui émergeaient spontanément de mon esprit :

Monsieur Kurtz ETAIT le curé de Saint-Laurent, échappé dans les profondeurs du Congo, protégé par une tribu sauvage qui le vénérait comme un Dieu, où il pouvait laisser toute liberté à sa perversité.

La raison me montrait bien que j'étais en train de spéculer sur une des multiples rumeurs de la Commune, que je rapprochais d'un personnage fictif de Joseph Conrad. Mais mon imagination l'emportait largement. En quelques minutes j'avais élaboré le scénario complet de la cavale du curé, transformé en « monsieur Kurtz ».

N'y tenant plus, je réveillai la jeune femme, qui maintenant dormait paisiblement, enroulée dans mon édredon. Son expression n'était plus du tout la même. Elle ne se souvenait de rien, et était étonnée de se trouver là, mais sans être effrayée, comme si mon visage ne lui était pas inconnu. Très impatient, je lui posais la question qui me brûlait les lèvres :

– Kurtz était le curé de Saint-Laurent c'est bien ça ? Mais comment l'avez-vous appris ? Racontez-moi !

Elle montra alors la plus grande incompréhension :

– Mais qui est ce Kurtz ? Je ne connais pas de monsieur Kurtz. Et pourquoi me parlez-vous du curé de Saint-Laurent ? Je vais prier dans cette église, c'est vrai, mais je ne l'ai jamais croisé.

Tout s'effondrait. Comme le Docteur Gachet, je ne connaîtrai jamais la vérité. Mais, en revanche, je tenais la fin de mon roman.

***

Mon ridicule te sauvera

Mais qu'est-ce que tu me fais, mon amour ? Est-ce que tu me reconnais, au moins ? Ton visage est bouffi, tu me fixes sans me voir, on me dit que tu es dans un coma artificiel. Est-ce que tu redeviendras comme avant, est-ce que tu seras toujours aussi dingue de moi, est-ce qu'on fera l'amour tous les jours, comme ce matin encore ?

Ecoute ce médecin ! Il prétend te faire un trou dans le crâne, y introduire un ballonnet, puis le gonfler dans un vaisseau sanguin. Il faut être un tortionnaire sadique pour faire ce boulot ! Il me dit, sans cligner des yeux même une seule fois, que l'opération est risquée, mais que c'est le seul moyen d'éviter la rupture fatale de ton anévrisme. Il dit qu'il faut faire très vite, que tu peux mourir d'un moment à l'autre, et il lui faut mon autorisation, tout de suite.

Tu sais comment je suis, ma chérie, mon amour. Je panique, je ne me sens pas bien, j'ai peur de tomber dans les pommes. En principe, c'est toi qui me rassures, me conseilles pour les décisions importantes, c'est toi qui anticipes quand je sens arriver mes malaises vagaux. Aide-moi, mon amour, je t'en supplie, fais-moi comprendre ce que je dois faire, ne me fixe pas comme ça !

Et puis, ta mère, cette salope ! Elle est là, elle attend ma décision avec son plus beau regard de mépris, tu sais comme elle me déteste, me prend pour un incapable. Elle avait tellement d'ambition pour toi, un grand mariage, des enfants surdoués. Alors un écrivaillon autoédité et diagnostiqué stérile, il ne pouvait rien arriver de pire à sa fille unique.

J'ai signé. Je n'ai pas eu le courage de refuser. Pourtant je ne la sens pas cette opération, ma chérie. Je suis sûr que tu peux le résorber toute seule cet anévrisme. Mais j'ai signé, je n'ai pas résisté à leur pression, à leurs regards indignés simplement parce que j'hésitais. Pardon, mon amour ! Ne meurs pas je t'en supplie, ne me fais pas ça, je ne m'en remettrais pas.

Anne est là aussi, ton amie, ton pot de colle. Elle chiale et elle m'enveloppe, elle n'arrête pas de me toucher, tu sais comment elle est, on en rigole tout le temps. Si tu la voyais, elle est habillée en veuve éplorée, super sexy, et elle me serre, me serre tout le temps. Je t'avoue qu'il m'est arrivé de fantasmer sur des trucs à trois. Mais là, je te jure, c'est très gênant, ta mère nous regarde comme si on faisait l'amour sur ton lit d'hôpital. Elle a toujours pensé que je te trompais, avec Anne comme avec d'autres. Toi, tu sais bien que ce n'est pas vrai, hein, chérie ?

On t'emmène au bloc mon amour, la porte de l'ascenseur se referme sur le brancard. C'est peut-être la dernière fois que je te vois vivante, je me sens si mal, je tiens à peine sur mes jambes. Mon estomac est en bouillie. Le chirurgien nous annonce qu'il y en a pour plusieurs heures. Ta mère décide qu'il ne sert à rien de rester là et qu'on va tous déjeuner à la Cafeteria Casino. Comment fait-elle pour rester si froide ? Anne me prend par le bras et on la suit sans réfléchir.

Ton père nous attend sur le parking de l'hôpital Clairval. Le soleil de printemps nous aveugle. Au pied du Redon, Marseille, et au-delà la Méditerranée, à perte de vue. Partout les jonquilles, les crocus et même des pensées. Une bouffée de chagrin m'envahit. Il y a tant de beauté aujourd'hui, et tu vas peut-être mourir.

Il ne reste que du poulet réchauffé et des frites durcies. Tes parents attaquent, sans un mot, comme d'habitude. Pendant qu'on est en train de t'ouvrir le crâne, eux ils découpent leur volaille, ça me dégoûte. Anne est partie aux toilettes, mais pourquoi y reste-t-elle aussi longtemps ? Je suis sûr qu'elle est en train de se remaquiller. Pendant qu'on te glisse un tuyau dans le cerveau, elle pleure, peut-être, mais elle capable de se maquiller !

Je m'accroche à la table, mon champ de vision se rétrécit, mes douleurs à l'estomac sont insupportables, mes intestins se compriment. Tu connais mes syndromes vagaux quand je suis dans cet état de stress. Si je ne vais pas me vider tout de suite, c'est la syncope. Je soulève mes trois tonnes et me dirige vers les WC. Je devine ce que pense ta mère. Je suis un obsédé et je vais rejoindre Anne. Mais je m'en fous, je ne peux plus tenir.

C'est occupé chez les mecs, tant pis je fonce chez les femmes. Comme prévu, Anne est collée devant le miroir avec son mascara, heureusement elle ne me voit pas passer derrière elle. Je m'enferme dans la cabine, ouf ! A moitié dans le coma, enfin je me vide. Mamma mia, quelle puanteur ! Pourvu qu'Anne soit retournée à table. Je vais tirer la chasse tout de suite pour dissiper un peu l'odeur.

Mais bordel, qu'est-ce qui se passe ? Les chiottes sont bouchées, un flot indescriptible va déborder sur mon pantalon baissé. En un réflexe de survie, je m'éjecte de la cabine comme d'un avion de chasse en feu. Mais rien à voir avec Sam Shepard dans l'Etoffe des héros. Moi, c'est marche en canard et sexe à l'air. Je manque de renverser Anne, accroupie au pied du lavabo, en train de ranger son sac. Elle reste en sidération devant le spectacle.

Une seule chose à faire, me lever et me rajuster, je lui expliquerai après. Mais à ce moment, en me redressant, qu'est-ce que je vois, mon amour, mon amour chéri ? Oh non, quelle vision ! Ta mère, TA MERE dans l'encadrement de la porte. Elle nous regarde avec un sourire triomphant. Je te jure mon amour, jambes écartées et mains sur les hanches, elle prend tout l'espace de la porte et elle a un SOURIRE TRIOMPHANT !

Et là, je m'enfonce ! Mon amour, si Dieu existe il ne peut pas te laisser mourir avant que je te raconte cette histoire. Mon ridicule te sauvera, c'est certain. J'entends déjà ton rire, ton rire adoré quand tu sauras ce que j'ai dit à ta mère à cet instant, pantalon aux genoux, les pieds dans une flaque immonde, Anne accroupie devant moi. C'est la seule phrase que j'ai pu sortir, réflexe d'écrivain, amoureux du théâtre jusqu'au bout : « non, je vous promets, maman, ce n'est pas du tout ce que vous croyez ! »

***

Faubourg-Saint-Denis

Dans le Xe arrondissement, la rue du Faubourg-Saint-Denis, ma rue, constitue un joyeux bordel sociologique, ethnique, religieux, humain, avec ses atouts et ses dérives. A la façon d'un aéroplane, son énergie la maintient en équilibre. Ce brassage tourbillonnant et festif est exactement ce que les intégristes veulent détruire. Ce texte est mon hommage aux victimes des attentats de Paris.

Dans ma rue, les hipsters en terrasse ont la même barbe que les religieux, mais des chemises plus branchées. Le vendredi soir, des étudiantes habillées sexy sortent de la mosquée au milieu de la foule masculine des croyants, mais en fait elles habitent au-dessus.

Dans ma rue, des femmes roms font la manche parce qu'elles savent que les musulmans ont le devoir de donner. Les vieilles dames donnent aussi, mais elles se font rares.

Dans ma rue, les fruits bio et moches non déballés de leur caisse d'origine coûtent deux fois plus cher que ceux du primeur tunisien qui passe plus d'une heure le matin à agencer son étal. C'est un artiste, on voit son œuvre à la toute fin du film Polisse.

Dans ma rue, les tournages de films sont fréquents, les camions régie squattent les quelques places de stationnement disponibles.

Dans ma rue, les cuisses de poulet se vendent un euro dans les boucheries hallal et les émincés de poulet quinze euros dans les restos bobos.

Par ma rue, les rois de France entraient dans Paris après leur couronnement à Reims ou leurs campagnes victorieuses. Une arche imposante le rappelle, la porte Saint-Denis dont le frontispice affiche « Ludovico Magnus ». Elle abrite des centaines de vieux pigeons en train de crever.

Dans ma rue, les rbnbistes nordistes qui débarquent du métro laissent indifférents les rabatteurs des salons de coiffure afros, aucun défrisage ne leur est nécessaire. Certains touristes prennent ces harangueurs pour des prostitués, oui c'est véridique je l'ai entendu. Des prostituées, il y en a, des chinoises aux allures de mères de famille, que leurs clients suivent à dix mètres, l'air dégagé.

Dans le square de ma rue, les migrants observent les jardiniers communautaires planter et arroser citrouilles et roses trémières.

Vers le haut de ma rue, la boulangère voilée est souriante, vers le bas la boulangère tradi fait toujours la gueule.

Devant la boutique électricité-bazar-musique-afro-antillaise tenue par un Séfarade, des noirs assis sur des motos garées palabrent de foot ou de Bagbo en buvant des bières.

Le matin, les employés descendent la rue, en file indienne et talons claquant. Ils repartent au crépuscule, croisant le flux des noctambules.

Dans ma rue, les pauvres boivent leurs canettes à un euro, achetées chez l'épicier chinois et planquées dans des sacs en plastique, les moins pauvres boivent des pintes cinq euros, comprimés debout sur les terrasses fumeur, et les plus riches des cocktails à dix euros sur des tables avec bougie.

Le samedi soir des groupes de filles mixtes voilées et non voilées investissent les restos pakistanais hallal, à six euros cinquante le plat du jour.

Près de ma rue, Sarko avait installé son siège de campagne en 2007, bloquant définitivement la circulation du quartier pendant plusieurs mois.

Sur ma rue donnent le passage du Désir, les rues de la Fidélité et du Paradis, mais pas celle des soixante-douze vierges.

Les vitrines de boutiques slaves présentent de la charcuterie sous plastique, que personne n'achète jamais.

Des groupes d'ouvriers du bâtiment discutent le soir sur le trottoir, j'ai entendu dire qu'ils étaient bulgares, mais en vérité je n'en sais rien.

Dans ma rue je ne distingue les restaurants indiens des pakistanais que parce qu'ils proposent du vin. Enfin, une sorte de vin …

Dans les restos bobos, le pot de cinquante centilitres de rouge est à vingt euros minimum, il semble que les arnaqueurs se soient donné le mot.

Dans ma rue, on appelle Alibaba le bazar bricolage et Alibaba II le bazar déco, ouverts sept jours sur sept. Il y en avait un autre qui proposait une meilleure qualité, mais il a fermé. On l'appelait Vincent Pourcent.

Le soir, quand les rbnbistes arrivent dans notre « cour parisienne de charme », ils font une tête comme s'ils avaient franchi une ligne de front.

Dans ma rue les commerces changent de main fréquemment, des travaux permanents annoncent de « nouveaux concepts ». Celui que je préfère est le marchand de journaux et de fallafels.

Les apparts aussi sont constamment en travaux, les bobos adorent casser les murs pour faire des apparts high-tech d'un faux luxe uniforme, sans aucun livre en papier. Chaque mètrecarré est transformé en appartement, souvent en espace sans âme à louer aux touristes.

Dans ma rue, les chambres de bonnes ont disparu, désormais les bonnes habitent en banlieue, les étudiants aussi. Plus de loges de concierge non plus, ni d'ateliers. La mixité n'existe plus dans les cours, elle est repoussée sur les trottoirs.

A midi, les employés des boîtes de prod, pub, com, s'égaillent vers les restos kébabs, pakis, chinois, crêpes, paninis et autres à moins de quinze euros.

Le dimanche soir, des bars accueillent les cours de salsa et au-dessus du New Morning, la grande salle du Studio Bleu est réservée au tango. A deux pas, à La Ferme, on mange du couscous en écoutant du jazz, pendant que le linge sèche au Lavomatic. C'est le seul concept Couscous-jazz-laverie que je connaisse.

Dans ma rue a exercé le docteur Gachet, celui de Van Gogh. Un jour de la Commune de Paris, Louise Michel est venue le chercher pour vérifier la nature de quelques ossements retrouvés à l'église Saint-Laurent. Le curé était soupçonné d'enterrer dans la crypte des jeunes filles vivantes.

Louise Michel a été emprisonnée un temps à la prison Saint-Lazare, en haut de la rue. Avant d'être une prison, elle fut hôpital. Désormais, c'est une médiathèque.

Dans ma rue, un clochard en guenilles et chaussé de sacs en plastique dort sur les capots encore chauds des voitures stationnées.

Près de l'arche, une famille composée d'un homme, d'une femme et d'une petite fille, vit sur le trottoir, allongée sur des couvertures.

Dans ma rue, les bennes à ordures passent plusieurs fois par jour. Les poubelles y sont toujours pleines et nombreuses.

Dans ma cour, la majorité des mariages récents sont homos.

Le week-end, dans les appartements, il y a des méga-fêtes qui font trembler la nuit. Le compromis implicite est de fermer les fenêtres à partir d'une heure du matin. Je m'endors aux vibrations de la techno, parfois de Cloclo ou Dalida.

Dans ma rue, la bière coule à flots dès l'ouverture des happy hours. A partir de 22 heures, c'est pipi hours, la pisse qui coule à flots sous les porches et dans les cours.

L'été, au coin de ma rue, un monsieur indien très mince, avec une collerette de barbe blanche et des grandes lunettes carrés est chargé du mûrissement des mangues. On ne le voit qu'à cette époque, mais une observation attentive montre que son travail est extrêmement délicat. Un camion livre, peut-être une fois par mois, un chargement de mangues pas encore mûres aux épiceries pakistanaises. L'art du « tourneur de mangues » est d'étaler leur mûrissement sur toute cette période afin qu'elles soient vendues chaque jour à point et qu'à la fin aucune ne soit perdue. Ses outils sont le soleil, moins fiable à Paris qu'à Kandahar, et les promotions, qui peuvent se retourner contre lui car les habitués sont incités à attendre. La saison finie, on peut voir le tourneur de mangues se détendre à la terrasse des cafés, mais je ne l'ai jamais vu sourire.

Dans ma rue, les musiciens traînent toutes sortes d'instruments, jusqu'aux plus volumineux, vers les studios de répétition des Petites Ecuries d'où l'on entend les musiques du monde.

Dans ma cour, un très vieil algérien vient de mourir, toute la famille se relaie auprès de la veuve avec des gâteaux et des regards doux.

Dans un passage donnant sur ma rue, le couturier turc fait les ourlets pour cinq euros, pourquoi apprendre ? Il vend aussi des CD de chanteurs turcs à succès aux allures de Mike Brant.

Ma rue est le lieu de manifestations récurrentes, les kurdes avec de jolies filles très remontées, les sans-papiers, dont beaucoup travaillent dans les cuisines du quartier.

Sur les murs de ma rue, on trouve des affiches du parti marxiste-léniniste kurde, peut-être le dernier du monde, écrit en toutes lettres.

Rue d'Enghien, trois opposantes kurdes ont été assassinées. Les coupables ne semblent pas être recherchés avec la plus grande énergie. Un assassinat également au bar le Bosphore, le barman a été abattu par un consommateur alcoolisé qui n'a pas supporté d'être viré de l'établissement.

Dans ma rue, une petite foule peut suivre depuis le trottoir un match de criquet diffusé sur un poste de télévision minuscule accroché au fond d'un restaurant.

Dans ma rue, je ne croise plus le grand type habillé comme un soldat nordiste, plus précisément comme un chanteur de YMCA. J'ai appris par hasard qu'il s'agissait d'une figure de la faune clodo-homos du cinéma le Brady, du temps où il passait des séries Z en séances permanentes.

Dans ma rue, je ne croise plus que rarement le vieux monsieur distingué, très classe, que j'appelais « troisième république », peut-être le seul à avoir croisé Louise Michel et le docteur Gachet.

Dans ma rue, un bouiboui tunisien, aménagé dans un couloir, sert pour une misère des plats mijotés maison. Le patron travaille très tard, l'été dans une fournaise, ses mains tremblent, je n'ai jamais osé lui parler de sa maladie.

Près de mon porche, les fleuristes sont des réfugiés cambodgiens de la première heure. Ils ont vécu l'horreur là-bas, ils étaient pharmaciens. Le mari souffre d'arthrite, il se déplace très lentement, parfois sur un vélo sans pédales. La femme rit tout le temps, c'est sa façon de saluer. L'année dernière, ils ont été agressés pour quelques euros.

Rue de Metz, l'enseigne du coiffeur afro est : gloire à Dieu, homme ou femme.

Dans le quartier, une cinquantaine de coiffeurs afro, du moins cher au plus classe, reçoit tout ce que la région parisienne compte de chevelure à défriser. Le week-end certains sont ouverts jusqu'au milieu de la nuit. Les filles travaillent dans des odeurs insupportables de produits chimiques. La plupart sont mixtes, cheveux et ongles. Les noires coiffent et les chinoises manucurent.

A la poste, banque des pauvres, une file continuelle attend au guichet de retrait d'argent. Dans le hall, un employé enthousiaste et dévoué assiste les naufragés des machines à timbrer.

Dans ma rue ...

Paris, Faubourg-Saint-Denis, novembre 2015.

***

The Harpyes days

– Allez-vous-en ! Y'a plus de place ici. Et puis on n'a pas assez de réserves, on tiendra jamais jusqu'aux prochaines Siestes.

On était au dixième jour du 3ème cycle lunaire. Phinéas, le chef du clan qui occupait le niveau moins 4 du parking Magenta, vociférait dans l'interphone de secours qui les reliait à la surface. Il restait indifférent aux hurlements d'horreur et aux supplications de la foule. Ce n'était pas la première fois qu'il refusait l'accès, il en allait de la survie des siens. Quand, au loin dans Paris, il entendit le cri mortel des Harpyes qui s'amplifiait, il coupa l'interphone et ordonna aux autres de mettre leur casque de protection. Les petits monstres avaient développé des capacités soniques pouvant traverser des murs de béton. Un chercheur de l'IRCAM avait estimé, à partir d'enregistrements, qu'ils possédaient au moins sept cordes vocales. Les Harpyes, au nombre de six, étaient le produit d'un accident génétique qui reste à ce jour encore inexpliqué.

Seuls les casques émetteurs d'ondes interférentielles étaient vraiment efficaces. Lors des dernières Siestes, Phinéas n'avait pu s'en procurer qu'une centaine au marché noir, ce qui était largement insuffisant pour les sept cents membres de son clan. C'est pendant le même répit qu'ils avaient pu descendre d'un niveau et investir le 4ème sous-sol du parking. Pour cela, les membres de sa famille n'avaient pas hésité à vendre tous leurs biens. Chaque place pouvait atteindre les dix mille euros par jour, jusqu'à vingt-mille pour les nuits de pleines lunes, les plus dangereuses.

Phinéas était conscient que les clans des niveaux supérieurs ne résisteraient pas assez longtemps au harcèlement des monstres. La situation était extrêmement dangereuse. Avec son groupe de combattants, ils avaient pu obstruer toutes les entrées et tous les conduits d'aération du moins 4, il n'en était pas de même aux niveaux supérieurs. Il y avait des failles. En l'occurrence, le clan du moins 2, qui n'en était qu'à sa première occupation, était un maillon faible.

Phinéas ne mit pas de casque, pour rester à l'affût. Les hurlements des humains diminuèrent rapidement, le massacre fut rapide en surface, square Satragne. Il imaginait ce qui était en train de se passer, lui-même avait assisté à la toute première attaque, dans ce même square, à l'entrée de la rue du Faubourg-Saint-Denis. C'était le 9 juin 2015, moins d'une année auparavant. Cela lui paraissait une éternité. Il y avait là une mère, enceinte, et ses trois filles. Phinéas les connaissait, c'était les petites terreurs du 86, le groupe d'immeubles où il habitait. Il s'agissait de triplettes issues d'une fécondation in vitro. Elles criaient, arrachaient les fleurs, martyrisaient les autres enfants. La mère ne disait rien, elle était dépassée, passive. Quand elle leva la tête, ce fût pour dire, d'une voix lasse :

– Les filles, il faut y aller, on est en retard pour le conservatoire.

Elles gémirent de concert :

– Non, on veut pas y aller !

– S'il vous plaît, les filles, par pitié !

Pour les encourager à la suivre, la femme s'était levée et lentement dirigée vers la sortie. Phinéas, qui suivait la scène d'un œil distrait, fut le seul à observer le phénomène. Il assista à la transformation physique des trois petites teignes. En quelques secondes, elles quittèrent leur manteau et des ailes se déployèrent sous leur bras. Leurs rotules pivotèrent, transformant leurs jambes en pattes arrière souples et puissantes. En deux bonds, aidées par leurs ailes, elles sautèrent sur la mère, et en quelques secondes, l'énucléèrent, lui dévorèrent la langue, les seins et le vagin, retournèrent son utérus comme un gant. Phinéas, en état de sidération, les vit récupérer, dans cet amas de chair sanguinolente trois fœtus, vivants, qui présentaient les mêmes anomalies génétiques. Malgré sa terreur, Phinéas put s'apercevoir qu'il s'agissait de mâles. Tout comme leurs sœurs ils possédaient un appareil génital hypertrophié. Après quoi les triplettes ailées s'envolèrent vers l'arche de la Porte Saint-Denis. Chacune portait un de leurs frères, accrochés à leurs pattes zygodactyles. La scène n'avait duré qu'une minute, on ne les revit plus jusqu'aux premiers massacres.

Le scénario était toujours le même. On entendait d'abord leur cri paralysant. Quelques minutes plus tard, les Harpyes s'abattaient sur leur objectif. Cela pouvait être un parc, un supermarché, un restaurant. Dans une ronde infernale, comme un tourbillon, les petits monstres détruisaient tout sur leur passage. Ils sautaient à la gorge des passants, les mordaient et les griffaient jusqu'au sang. Quand leurs victimes s'écroulaient, ils les déchiquetaient. Ils s'excitaient entre eux, dans leur innocence enfantine le massacre les amusait, et ils ne montraient aucune pitié.

La mutation avait radicalement transformé le cycle de sommeil des Harpyes. Les monstres ne s'épuisaient qu'aux lunes noires, soit tous les 28 jours. Ils dormaient alors 72 heures d'affilée, période qu'on appelait les Grandes Siestes. Les humains n'avaient que ces temps pour enterrer leurs morts, consolider leurs abris et organiser leur vie sous terre. Ainsi, pendant ces trois jours de répit ils sortaient à l'air libre, mais chuchotaient et évitaient d'éclairer inutilement les rues et les habitations, de peur de réveiller les Harpyes. Au troisième jour, ils retournaient aux abris, du moins pour ceux qui avaient la chance d'en posséder. Les autres priaient pour être épargnés. Voilà à quoi ressemblait la vie à Paris depuis le 9 juin 2015.

Personne n'avait réussi à repérer leur refuge. Les recherches était difficiles, compliquées encore par les associations familiales et défenseurs des enfants. Ceux-là arguaient le fait qu'il s'agissait de mineurs, que les Harpyes n'étaient pas responsables de leurs actes et encore moins de leur mutation génétique. Les leaders étaient des croyants issus des rangs de la Manif pour tous. Un mouvement national s'était créé, soutenue par une large majorité des provinciaux, qui n'étaient pas concernés directement par les événements de Paris. Comme, du fait des cris paralysants, il y avait très peu d'images des massacres, beaucoup criaient au complot. Les intégristes, quant à eux, clamaient qu'il s'agissait là d'une punition de Dieu contre les procréations médicalement assistées. Les Harpyes étaient ses messagers, l'Apocalypse avait commencé, on ne pouvait rien y faire, si ce n'est attendre et prier.

Au dixième jour du cycle, les Harpyes envahirent le premier sous-sol du parking. Au dix-septième jour, elles atteignirent le deuxième. L'écho des massacres se rapprochait inexorablement. C'était l'effroi dans le clan Phinéas. Des mouvements de panique jetaient les personnes contre le mur opposé aux portes et portails, pourtant très solidement renforcées. Phinéas avait placé sa garde en protection du stock de casques interférentiels. Le danger n'était pas imminent, deux niveaux les séparaient encore des Harpyes. Mais tous comprirent que, dans les 13 jours qui restaient jusqu'aux prochaines Siestes, elles se trouveraient aux portes du clan Phinéas. On connaissait leur arme fatale pour saper la résistance des humains et leur faire déverrouiller les portes blindées : la Complainte de Bébé. Au bout d'un temps qui ne dépassait jamais 48 heures, ce chant ininterrompu provoquait une réaction hormonale emphatique chez certains humains, en particulier ceux qui étaient parents. Ils se persuadaient qu'il était possible d'amadouer les Harpyes, de leur faire entendre raison. En les prenant dans leurs bras, les plaintes s'arrêteraient, les massacres aussi. Alors, comme des zombies, ils ouvraient les portes. C'est ainsi que les monstres gagnèrent du terrain dans le parking, niveau après niveau. Afin d'anticiper l'inévitable confrontation, Phinéas prépara un plan secret, dont il mit uniquement ses plus fidèles combattants au courant.

Au 23ème jour du cycle, les Harpyes étaient aux portes de 4ème sous-sol. Cependant, le premier objectif de Phinéas était atteint. Les nuits de pleines lunes, celles où les enfants monstres se montraient les plus féroces, étaient passées. Par sécurité, il fit distribuer les casques interférenciels aux parents d'enfants de moins de trois ans, les plus susceptibles de succomber à la Complainte de Bébé. Les autres furent équipés de boules Quiès simples. La stratégie permit de gagner deux jours. Comme Phinéas l'avait prévu, les premières défections vinrent des jeunes couples. Il fit abattre les premiers d'entre eux qui se dirigèrent vers les portes blindées. La peur que provoqua cette exécution permit de gagner deux jours de plus. Mais au 25ème jour, les insurgés s'étaient regroupés pour avancer en un groupe compact vers les portes. Ils étaient maintenant trop nombreux pour espérer contenir la révolte. Dans leurs rangs, on entendait des « calmez-vous, les enfants, on arrive », des « d'accord, d'accord, vous pourrez dormir avec nous ». Pendant qu'ils démontaient les verrous, Phinéas, suivant très précisément son plan, fit entrer le reste du clan dans un conduit d'évacuation, qu'il avait depuis longtemps repéré. D'une longueur de deux cents mètres environ, il donnait sur les voies de la ligne 4 du métro. Ce tunnel était fermé par deux grilles, à ses extrémités. Phinéas plaça deux gardes en tête du cortège, leur ordonnant de laisser pour l'instant la grille fermée, côté métro. Le but était de piéger les Harpyes en les attirant dans le conduit. Lui-même et le reste de ses combattants se postèrent à l'entrée du tunnel côté parking.

Les Harpyes s'introduisirent avant que les derniers combattants soient à leurs postes. Heureusement, les enfants monstres étaient trop occupés à dépecer les Parents Compatissants. Pendant le carnage, Phinéas put les observer de près. Leurs visages enfantins et rieurs étaient maculés de sang. Comme lors de la première scène à laquelle il avait assisté square Satragne, ils s'attaquaient en priorité aux yeux, à la langue et aux organes génitaux. Ils arrachaient les utérus des femmes, écartaient les cols pour se glisser à l'intérieur, s'y vautraient pour retrouver des sensations subconscientes. En revanche, ils arrachaient et déchiquetaient les pénis et les testicules avec rage, comme s'il s'agissait d'une vengeance.

Laissant là ces amas de chair, ils reprirent leur ronde joyeuse dans les airs. Pour les attirer, Phinéas lança volontairement les injonctions qui, à coup sûr, leur feraient perdre tout jugement et tout contrôle.

– Allez, au lit, les enfants. Il faut dormir, c'est l'heure de la sieste.

Pour couvrir les cris des Harpyes qui déjà paralysaient un grand nombre de personnes, il donna le signal convenu et tout le clan répéta avec lui :

– Allez, au lit, les enfants. Il faut dormir maintenant, c'est l'heure de la sieste.

Les six monstres entrèrent dans une colère virulente. Oubliant toute forme de prudence, les six harpyes se précipitèrent dans le tunnel. Phinéas, qui était resté posté à l'entrée, enferma tout le monde à l'intérieur, lui compris. Les monstres étaient piégés et un combat héroïque fut engagé. La garde du clan se sacrifia, obstruant le tunnel avec leurs propres corps, pendant que, à l'autre sortie, côté métro, les membres étaient évacués. Les deux combattants qui étaient chargés de l'évacuation, avaient pour ordre de refermer la grille une fois l'opération terminée. Quand ce fut fait, Phinéas déclencha la toute dernière phase de son plan. Les combattants encore vivants se suicidèrent collectivement. Les six Harpyes, enfermées, enragées, se gavèrent de leurs organes jusqu'au dernier. Puis, enfin, les enfants monstres s'endormirent. Le jour des Grandes Siestes était arrivé.

Pour éviter une guerre civile contre les associations familiales, qu'aurait à coup sûr déclenchée la médiatisation de cette capture, on emmena, pendant leur sommeil, les Harpyes sur l'Île aux Enfants, une base secrète de Polynésie. Les petits monstres y vivraient encore, enfermés dans une immense volière. Pour les mêmes raisons, on enterra sur place et en tout discrétion les martyrs du clan Phinéas. Si vous passez square Satragne, vous remarquerez deux statues sans plaque, une femme portant le soleil, un homme portant la lune. Sachez que c'est en leur mémoire. Vous aurez alors une pensée pour ces hommes et femmes qui sacrifièrent leur vie pour la sauvegarde de l'Humanité.

***

Monsieur Roalion et Jurdh-le-rat

Bon, alors il était une fois un industriel, nommé Roalion, du genre très important, vendeur de chars, d'avions de chasse et d'armes, élu de la République, ami du Président Narkozé, accessoirement patron de presse. Monsieur Roalion se rendait tous les ans dans un pays africain pour négocier, dans le désert, avec le dictateur Kah Dehfi, 82ème descendant de la dynastie Jeyh Tailh Enkr, despote à demi fou. Le Falcon de Roalion se posait sur une piste au milieu de nulle part, où la nuit on pouvait repérer les satellites espions à l'œil nu. La piste était balisée par des torches lampes à pétrole. Le pétrole, ici, c'était la vie, il en coulait plus que du Coca-Cola. On disait que le dictateur buvait un verre de brut tous les matins. Au bout de la piste, couleur vipère à cornes, un village de tentes se confondait avec les dunes. Là se décidaient, aux troisièmes lunes noires de chaque année, et dans la plus grande rusticité, l'avenir de l'industrie française d'armement, 28% de l'approvisionnement en pétrole et en gaz, et enfin le montant du financement du parti du Président. Roalion était un homme influent.

Un jour que le Falcon redécollait vers Paris, on trouva un passager clandestin dans un compartiment technique de l'avion. Il était de petite taille, sec, nerveux et crasseux. On lui demanda son nom, il répondit qu'on l'appelait Jurdh, le rat, depuis toujours. Il prétendit risquer la mort pour s'être glissé sous la tente à provisions et dérobé quelques restes de fromage. La terrible garde de Mauro Rah était à ses trousses. Roalion était de bonne humeur, il venait de calculer sa rétro-commission. Il écouta donc ce qui lui restait d'humanité, et n'ordonna pas au commandant de le balancer dans le vide, comme habituellement dans ces circonstances. On a toujours besoin d'un petit teigneux près de soi, se dit-il.

A partir de ce jour, Jurdh lui voua une reconnaissance sans limite. Il jura qu'il était prêt à donner sa vie pour son nouveau seigneur, et monsieur Roalion y trouva une grande opportunité. Il installa Jurdh dans une cité ghetto de sa bonne ville de Corbeille-Les-Sous, dont il était l'édile aidant et aimé. Jurdh apprit le français avec l'accent de banlieue. Il devint les yeux et les oreilles de Roalion dans les quartiers, et surtout son agent corrupteur en chef. Il forma une bande, on l'appelait Jurdh-le-Rat. Il achetait les voix 50€ pour les municipales, 75€ pour les législatives. Monsieur Raolion l'emportait avec des scores confortables pour bien moins cher qu'une campagne de publicité.

Le système ronronnait tranquillement lorsqu'un jour le vent tourna. Le Président Narkozé avait invité Kah Dehfi LXXXII en visite officielle en France. Il installa sa tente et sa suite dans les jardins de l'Elysée. C'était le début du printemps et ils écrasèrent les fleurs naissantes, crocus, primevères et pensées.

L'épouse du Président, qui chaque année attendait le réveil de la nature avec émotion et fébrilité, décompensa :

– Tu me vires ce connard, ses pouffiasses et ses morveux, sinon tu me revois plus !

– Bébé, j't'en supplie, il va me filer le pognon pour ma campagne. Dès qu'il rentre dans son désert, j'te jure je vais lui mettre sa mère. Le temps de former une coalition et je l'explose. J'te promets bébé.

– Bébé bouda mais accepta. Kah Dehfi LXXXII raqua et rentra. Quelques semaines plus tard les premières bombes s'abattaient sur la capitale Treh-Pouli, détruisant le palais fraîchement livré par Bouygues.

Mais c'est là que survint un gros problème ! Le Président Narkozé, quelques jours avant l'attaque, avait envoyé Roalion à Treh-Pouli pour « tenter la voie diplomatique jusqu'au bout et épargner des vies humaines ». Tu parles, Charles, deux gaules ! C'était surtout pour gagner du temps et laisser le temps aux porte-avions de s'approcher au plus près des côtes.

Dans sa précipitation à venger le crocus, le Président n'attendit pas le retour de Roalion pour donner l'ordre d'attaquer. L'industriel fut gardé comme otage. Cela ne perturba pas son ami Narkozé : « ça le fera maigrir, le gros ! Avec tout ce qu'il se gave en commissions, une petite cure ne lui fera pas de mal ! »

La « guerre-éclair » s'embourba, une année s'écoula et Roalion dépérissait dans les geôles nauséabondes de Treh-Pouli. Jurdh, bloqué dans sa cité de Corbeille-Les-Sous, impuissant à venir en aide à son seigneur et maître, n'y tenait plus. Il convoqua sa bande :

– Il faut qu'on fasse quelque chose, on peut pas laisser béton tonton Roalion après tout ce qu'il a fait pour nous. Avec tout le fric qu'il nous a laissé, on peut s'équiper comme des mercenaires, payer des passeurs, monter une expédition commando pour aller le libérer.

Dans la bande, Ali-la-Fontaine, qui était devenu religieux après un bad trip, montra la voix de la sagesse. On l'appelait ainsi car, depuis qu'il avait rencontré Dieu, il ne buvait que de l'eau.

– Tu as la rage, Jurdh, tu as la force, mais il te manque la patience. Ne crains pas la longueur du temps. Alors écoute ce que je te propose. Profitons du chaos dans ton pays, utilise la cagnotte de Roalion à créer un groupe islamique à Treh-Pouli, affilie-le à Al-Qaqa. Gère le tout par Internet, commande une campagne de phoning depuis le Maroc voisin, recrute les meilleurs prédicateurs. Dans un an tu auras une armée de martyrs prêts à s'exploser les tripes pour libérer monsieur Roalion.

Jurdh-le-Rat suivit les conseils d'Ali-la-Fontaine. Cela s'avéra en effet bien plus raisonnable : après quelques mois, les premiers attentats suicides décimèrent les marchés de Treh-Pouli. L'armée, harcelée par les frappes aériennes de l'opération Crocus, ne put lutter efficacement contre les insurgés. Le régime s'effondra et les otages furent libérés.

Monsieur Roalion rentra triomphalement Corbeille-Les-Sous, réinvestit son fauteuil de maire, son siège de député, ses conseils d'administration et ses comités de rédaction. Jurdh reprit ses activités dans la cité, corruption, deal, racket. Ainsi, la vie retrouva son cours habituel, tranquille et familier.

***

La Seconde Commune de Paris

Le Nouveau Monde : bonjour Philippe Décognion, nous vous remercions d'avoir choisi Le Nouveau Monde pour cette interview exclusive. Le nouveau président de la République vous a accordé une grâce, tenant sa promesse de campagne électorale. Vous rentrez en France après 25 ans d'exil forcé. Vous vous exprimez pour la première fois sur les événements dramatiques de l'été 2017, communément appelés « la Seconde Commune de Paris ». Vous êtes un héros pour tous les résistants au lepénisme, dont beaucoup se réclament du décognisme. Tout d'abord, pouvez-vous nous raconter la genèse du mouvement. Aujourd'hui, en 2042, tous les historiens ne sont pas d'accord sur le sujet.

Philippe Décognion : le mouvement est né lors de l'Assemblée Générale des copropriétaires du 86 de la rue du Faubourg-Saint-Denis, le 1 juin 17. Les débats qui ont précédé mon intervention sont encore frais dans ma mémoire. Michel Louise, du bâtiment B, et Jess Vallu, du C, s'affrontaient sur le choix de la machine à compost urbain. Jules Ferron, le professeur du 2è étage, proposait l'adoption d'un couple de lapins, pour l'éducation des enfants. Clément Georgeceau, le président du conseil syndical, présentait l'extension du jardin biologique partagé sur le toit.

LNM : et c'est donc dans ces circonstances que vous avez prononcé le fameux discours du 1 juin, appelé aussi « discours de la copro » …

PhD : oui, c'était assez improvisé. Je devais intervenir sur l'organisation de la fête des voisins, dont j'étais responsable cette année-là, mais je n'avais rien préparé. Profitant des interventions précédentes, je cherchais un thème qui pourrait être fédérateur, et j'eus l'idée d'inviter, au repas des voisins, un groupe de migrants du square Satragne. La motion a été acceptée à l'unanimité moins une voix, celle de M. Lechieur qui votait systématiquement contre tout ce qui était proposé.

LNM : 25 ans plus tard, pouvez-vous expliquer comment vous est venue cette idée, et en imaginiez-vous ses conséquences ?

PhD : Marine Le Pen était fraîchement élue. Une des premières décisions de son gouvernement avait été la formation d'un nouveau corps de police, le fameux SEA, Service d'Enquête Administratives. Rappelez-vous le célèbre titre de Charlie-Hebdo, avant qu'il ne soit interdit : « Les étrangers à la SEA !». La rue du Faubourg-Saint-Denis était célèbre pour accueillir plus de 100 nationalités différentes, et on avait vu les premiers enquêteurs faire leur apparition ici, dans les squares et la mosquée du n°83, aussi chez les coiffeurs africains de la rue du Château-d'Eau et les restaurants pakistanais du passage Brady. Les agents avaient été recrutés parmi les policiers municipaux chargés du stationnement, ils connaissaient parfaitement le quartier. Leur mission était de répertorier les migrants et les travailleurs clandestins.

LNM : revenons à cette fameuse fête des voisins. Que s'est-il passé ce jour-là ? On sait qu'il y a eu un mort, mais les circonstances n'ont jamais été vraiment éclaircies. La plupart des témoins directs n'ont pas survécu à la Seconde Commune de Paris.

PhD : je vous rappelle que le jour de la fête, le 13 juin, il pleuvait à verse, et seule une dizaine de résidents courageux avait affronté le mauvais temps, ainsi que deux migrants que nous avions réussi à persuader. Tous s'abritaient tant bien que mal sous le porche, essayant de se chauffer autour du barbecue.

LNM : c'est donc à ce moment-là qu'il y a eu la descente du SEA.

PhD : c'est exact. Ils étaient accompagnés d'une équipe de TF1, pour l'émission Enquête d'Action. De toute évidence, la volonté était de médiatiser l'intervention, pour l'exemple. Ils étaient agressifs, nous avons eu peur.

LNM : et donc, les circonstances de la mort de l'agent du SEA ?

PhD : à moment donné, dans la confusion, nous avons retrouvé le lapin Panpan, le mâle, inanimé, sans doute victime d'une crise cardiaque causée par l'intervention houleuse. C'est là qu'une des propriétaires présentes, Birgit Bradot, a perdu le contrôle de ses nerfs. Comme vous le savez, elle a transpercé l'agent Pervenche Laprune avec sa pique biodégradable à légumes grillés. Touchée à la gorge, la malheureuse est morte pendant son transport à l'hôpital. Je vous rappelle que le CRR [NDLR : Comité Révolutionnaire Responsable] a toujours déploré ce regrettable incident. Il faut dire que Birgit Bradot, qui je vous le rappelle dirigeait l'association Ethique et Animaux, était sous pression depuis plusieurs semaines. Le matin même, le groupe d'action des Charcutiers Bleu Marine, dont on sait qu'il était financé par le

Front National, avait fait livrer, chez elle, des abats de porc frais.

LNM : Birgit Bradot a donc été arrêtée, et des comités de défense ont vu le jour. Y avait-il une organisation structurée ?

PhD : non, c'était l'improvisation totale. Les graphistes indépendants et les intermittents du spectacle, qui peuplaient majoritairement la rue, redoublaient d'imagination. C'est ainsi que la « Banderole de la Résistance » fut réalisée, à partir de toutes les revendications exprimées par les habitants de la rue, sans aucune censure, à condition qu'elles le soient sur une feuille A4 en papier recyclé. Plus de dix-mille feuilles, slogans ou dessins, ont ainsi été reproduites. Ce n'est pas un hasard car la rue du Faubourg-Saint-Denis était le théâtre de manifestations quotidiennes : Parti communiste léniniste du Kurdistan, prostituées transexuelles, sans-papiers, pro-Bagbo, anti-Bagbo, et tant d'autres. Pour l'anecdote, un chercheur en ethno-sociologie a relevé que plus de 40% des revendications de la banderole étaient contradictoires. Pendant toute la Seconde Commune, elle est restée accrochée à l'entrée de la rue, à dix mètres de hauteur, entre deux immeubles. De nombreux camarades se relayaient pour la protéger, c'était devenu notre drapeau. On le connaît aujourd'hui sous le nom de « Drapeau Foutraque ». Comme vous le savez, il est exposé au musée des Martyrs de la Seconde Commune de Paris, [NDLR : ex-Centre Pompidou, que le Front National avait rebaptisé Centre Jean-Marie Le Pen, après sa mort].

LNM : quand les premières barricades sont-elles apparues ?

PhD : pendant toute la période de juillet, le SEA a pratiqué un harcèlement administratif, en particulier par l'enlèvement systématique des voitures par la fourrière, alors qu'il était impossible de s'acquitter d'un ticket. Le témoignage d'un repenti du SEA a prouvé que le sabotage des horodateurs, comme celui des Vélib et Autolib, mis sur le dos des insurgés, avait été organisé par des nervis à la solde du gouvernement. Le CRR a donc décidé d'ériger des barricades, au Nord à l'entrée Magenta, à l'Est aux carrefours des rues adjacentes au boulevard de Strasbourg, à l'Ouest sur les entrées par le Faubourg Montmartre, et naturellement au Sud à la Porte Saint-Denis, dont l'arche est devenue l'entrée officielle de la République Indépendante Responsable et Equitable (RIRE), instaurée symboliquement le 14 juillet 2017. La brigade Arc-en-Ciel, appelée ainsi pour la couleur de leur uniforme et sa provenance quasi unique des comités LGBT [NDLR : LGBT = Lesbiennes, Gays, Bi et Transgenres], avait pour mission de ne laisser passer que les citoyens du RIRE.

LNM : on sait que la République du RIRE n'a tenu que 27 jours, jusqu'à la nuit sanglante du 10 au 11 août, appelée la Nuit des Conserves. Il s'agit là d'un tournant de la Seconde Commune de Paris, et nous n'avons jamais eu votre vision, Philippe Décognion. Je rappelle que vous étiez alors à la tête du CRR.

PhD : depuis l'érection des barricades, à laquelle le gouvernement du Front National a répondu par un blocus du quartier, l'approvisionnement était quasi impossible. Les jardins biologiques partagés ne suffisaient plus à nourrir la population. La réquisition des magasins Naturalia, Bio C'Bon, La Vie Claire a permis un sursis d'une dizaine de jours avant que les premières tensions apparaissent au sein du

CRR. La pression était portée sur Michel Louise, à la tête des comités alimentation, afin d'autoriser la distribution des conserves dont les magasins Monoprix, Carrefour City, Leader Price et G20 regorgeaient. Je vous rappelle que Michel Louise était un fidèle de Birgit Bragot, toujours emprisonnée. Ils avaient fait leurs armes ensemble à l'AMAP du Xe [NDLR : AMAP = Association pour le Maintien de l'Agriculture Paysanne]. La fronde Conservophile était menée par Michel Lucheco, ex-président des Restos du Cœur. Malgré le compromis du 5 août sur les surgelés, la situation s'envenima. Dans la nuit du 10 au 11 août, les Conservophiles, alliés au petit parti des Micro-ondistes, prirent le contrôle des supermarchés, et reversèrent le CRR. J'entrai moi-même dans la clandestinité.

LNM : Nous entrons là dans les heures sombres de la Seconde Commune. Une période de terreur a commencé, qui provoqua en trois mois la mort de plus de 28000 personnes, soit environ 35% des citoyens de la République du RIRE.

PhD : oui, l'esprit du 13 juin, celui de la « Banderole de la Résistance », du « Drapeau Foutraque » a été totalement dévoyé, la période qui a suivi ne me concerne plus. Naturellement je la renie. Mais revenons aux faits. L'action des Micro-ondo-conservophiles avait réveillé et libéré toutes les rivalités qui jusqu'à présent s'étaient tues par solidarité à la cause de la Résistance. Dans cette période de troubles, ce sont les extrémistes qui se sont déchaînés.

LNM : C'est le début des affrontements, on peut dire des massacres, entre Végétaliens et Carnassiens ...

PhD : c'est exact. On ne sait comment, mais une vingtaine de moutons avaient pu être livrés aux bouchers de la rue. Les Conservophiles organisèrent un méchoui géant pour fêter leur accession au pouvoir, ce qui provoqua la colère des extrémistes de la cause animale. Leur violence surprit tous les observateurs, mais les historiens ont récemment analysé ce phénomène. Depuis les années 2000, des images mettant en scène la souffrance animale avaient circulé sur Internet. Des chercheurs ont montré que cette cause était, à cette période, la plus partagée sur les réseaux, alors que les medias se focalisaient sur le terrorisme islamiste.

Dans les semaines qui suivirent le méchoui du 15 août, on assista à des scènes d'une violence inouïe : des têtes furent tranchées au couteau de boucher par les activistes végétaliens, les organisateurs du méchoui furent embrochés sur les rôtissoires géantes, des centaines de participants furent parqués nus, dans les conditions des élevages qui existaient à l'époque. On les obligea à manger leurs propres excréments, dans lesquels ils pataugeaient toute la journée.

Les exactions des Carnassiens furent tout aussi sanglantes. La plus barbare fut d'obliger les Végétaliens à manger la chair crue de leurs propres enfants, abattus devant leurs yeux.

LNM : à la suite de ces événements, vous avez décidé de vous rendre à l'armée du Front National.

PhD : nous nous cachions dans les égouts avec mon cercle des premiers résistants, les survivants du « Discours de la Copro ». Avec les quelques moyens qui nous restaient, nous sommes rentrés en contact avec les chefs de la SEA, dont je vous rappelle qu'elle n'était pas une section combattante, et avons négocié une reddition. La brigade Arc-en-Ciel, qui nous était restée fidèle, nous a aidé à démonter en quelques heures la barricade de la Porte Saint Denis, derrière laquelle s'étaient préparées les forces du Front National. La condition de ma reddition était : pas de violence de l'armée contre les Seconds Communards. En contrepartie, j'acceptai mon exil. Marine Le Pen, avec la volonté de m'humilier, est venue elle-même signer l'acte, dit « Protocole de Chez Ali», du nom du restaurant Kebab dans lequel il a été signé, à l'entrée de la rue. La photo est restée célèbre, malgré l'interdiction de sa diffusion par le pouvoir frontiste, qui estimait que Marine Le Pen s'était fait piégée sur le choix du lieu.

LNM : ainsi s'acheva la Seconde Commune de Paris, le 18 octobre 2017. Aujourd'hui et pour conclure, que reste-t-il du décognisme et que signifie-t-il à vos yeux ?

PhD : il n'en reste plus rien. Le décognisme est dilué dans différentes causes et partis qui se réclament de son héritage, mais dans lesquels je ne me reconnais pas. Le décognisme a duré 27 jours, c'est un accident de l'histoire, un paradoxe falabraque comme il me plaît de l'appeler.

LNM : Philippe Décognion, je vous remercie.

***

La fille de l'autoroute

Nous étions en juillet 88, je rejoignais Dijon en voiture, pour une semaine de vacances ritualisée chez mes parents. Je roulais sous une pluie battante, et comme chaque début d'été de ces années de fac, je me conditionnais à supporter ces longues journées régressives et ennuyeuses. Ma mère, elle, attendait et préparait mon arrivée depuis plusieurs semaines.

Près d'Avallon, je m'arrêtai dans une station d'autoroute où j'approvisionnai la Ford Fiesta de la quantité d'essence juste nécessaire pour finir le trajet. Après avoir réglé, je décidai d'aller prendre un café au distributeur.

Je courais encore sous la pluie quand je la vis dans la salle aux néons crus. Elle portait des talons hauts qui affinaient une silhouette déjà très élancée. Un jean taille basse et un court tee-shirt laissaient admirer un ventre parfait, mis en mouvement par un déhanchement efficace. D'une seule main, elle maintenait un enfant, plaqué sur sa hanche gauche. Il était très calme et montrait un visage rêveur. Elle avait une cigarette entre le majeur et l'annulaire de la main droite, à la manière de Gainsbourg, qu'elle colla finalement sur le coin droit de sa bouche aussi charnue que son visage était effilé, encore allongé par un chignon très haut. Elle plongea les longs doigts de sa main libre dans la poche de son jean, gênés par une volumineuse améthyste montée sur un anneau en or dont la faible circonférence, 48 mm peut-être, n'arrivait pourtant pas à maintenir l'ensemble dans la position souhaitée. Elle parvint enfin, au prix d'un ultime déhanchement, à extraire une pièce de un franc qu'elle introduisit dans le distributeur. La lenteur et la légèreté de ses gestes contrastaient avec les cris et l'agitation des familles aux visages décomposés par la fatigue. Elle buvait doucement et l'enfant ne bronchait pas. Son regard se perdait dans la lointaine file de phares diffractée par les gouttes de pluie qui s'attardaient sur la baie vitrée. Elle était seule et donnait envie de l'être. Elle jeta son gobelet, sortit, hâta le pas, sans précipitation. Pas une seule fois son regard ne s'était porté sur moi.

Toute la semaine, cette fille occupa mes pensées. J'entretenais l'espoir impossible de la croiser au retour, au même endroit. Ce ne fût pas le cas, mais cet été-là, le rituel des vacances familiales fut bien plus supportable.

***

Dans la toile

Florence rentrera tous les soirs à Abbeville, ils ont décidé comme ça. Avec l'abonnement, ça revient moins cher que l'hôtel. Et deux heures porte à porte, pour une semaine de stage, c'est supportable. Ses parents sont des catholiques traditionnalistes, ils n'aimeraient pas la voir traîner dans Paris le soir. Leur fille unique, effrontée à la plastique sauvage, attire les moqueries salaces des hommes de tout âge. Elle leur tient tête et ne baisse jamais les yeux. Sa sensualité et son caractère trempé sont une épreuve que Dieu impose à ses parents. Leur fonctionnement sectaire n'a aucune prise sur elle. Leur autorité ne réside que sur des prières et des incantations. Elle est insensible à leur pression psychologique.

Depuis l'âge de onze ans, Florence dessine. Elle compose au crayon des personnages qui, s'ils font l'admiration de ses professeurs d'arts plastiques, sont loin de rassurer sa famille. Elle mêle les thèmes de la mort et du sexe, qu'elle décline en vierges crucifiées, cadavres de jeunes filles visités par des serpents, squelettes en prière. Une observation détaillée dévoile ici ou là une inscription blasphématoire tatouée sur un sexe, un clou planté dans un téton. Le trait est sûr, moderne, les corps sont anamorphosés, ils se répandent sur le papier, écrasés par leur propre poids.

Florence découvre Paris par la Gare du Nord. La moitié de l'Europe butte là sur les quartiers les plus denses de la capitale. Elle remonte à pied vers la porte de la Chapelle, s'accorde une pause dans une boulangerie arabe de la Goutte d'or, ou le soir dans un bouiboui turc ou pakistanais. Sur la dernière partie du trajet, un entrelacs de passerelles et de tunnels piétons traverse le chantier du tramway pour rejoindre le bâtiment flambant neuf du centre de formation de Pôle Emploi, posé là comme sur Mars.

Sur son chemin, un artiste de rue tague en solitaire une passerelle provisoire, qu'il sature de graffitis, méthodiquement. Le soir, l'endroit est éclairé d'une lumière crue, La fresque est visible depuis la sortie du bâtiment, situé à plus de deux cents mètres. Florence compte les pas jusqu'à l'arc coloré. Les premiers jours, elle s'arrête quelques instants pour observer les gestes du graffeur, qui ne remarque pas sa présence. Au fil de la semaine, ils échangent quelques mots. Quand elle lui montre des photos de ses dessins, il la considère différemment. Le dernier jour de son stage, il la conduit par une entrée secrète du métro. Ils empruntent des tunnels interdits où il éclaire ses œuvres à l'aide d'une puissante torche électrique. Il signe Lukas.

Après cette visite underground, il emmène Florence dans un squat de Montreuil. L'atelier commun est au centre du hangar, très haut de plafond. Des mezzanines sont aménagées où logent Lukas et une dizaine d'autres artistes. Florence a dix-huit ans, elle n'a jamais fait l'amour ni même embrassé un garçon, un simple contact peut lui être insupportable. Lukas est plus âgé, malgré leur attirance il ne tente rien.

De retour à Abbeville, le contraste est un choc. Elle ne restera pas une semaine de plus dans ce trou. Un vendredi après-midi, elle prépare sa valise, enroule ses dessins, et part. Quand ses parents rentrent du travail, ils trouvent une lettre sur le guéridon du téléphone. Elle leur promet de donner des nouvelles régulièrement, mais eux ne pourront pas la joindre. Cet événement ne changera pas fondamentalement leur vie. La foi passe avant l'amour pour leur fille.

Florence débarque sans prévenir au squat de Montreuil. Lukas l'héberge sans protester. A partir de ce jour, Florence aimera Lukas d'un amour total, exclusif et inconditionnel. Elle est prête à tous les sacrifices pour lui, et ceux-là ne tardent pas. Lukas montre un nouveau visage qu'elle n'avait pas perçu derrière son génie artistique. Il est dominateur, pervers, insaisissable. Il peut disparaître pendant plusieurs jours ou entrer dans un mutisme dont Florence ne sait jamais à quel moment il sortira. Elle n'a aucune expérience de la vie à deux, et ses parents n'ont jamais été un modèle de couple amoureux. Avec Lukas, en apparence elle ne se laisse pas faire. Elle passe par tous les degrés de la colère mais se heurte à un mur. L'amour n'est que dépendance et solitude, elle l'accepte comme une loi et n'envisage même pas la seule solution qui s'impose, fuir.

Elle renonce aux amis autres que ceux de Lukas, et ne descend de la mezzanine que pour l'essentiel. C'est sa cabane perchée dans les arbres, elle s'y sent bien. Dans un coin de mur, elle a épinglé une photo de Florence Rey, comme une icône aux éraflures. Mais pas d'activisme clandestin, pas d'équipée meurtrière. Sa vie à elle c'était attendre, attendre et dessiner.

Pendant les cinq mois de sa présence au squat, elle produit des dizaines de dessins, monochromes, au crayon, à la mine, à l'encre, au stylo bille. Elle pousse à l'extrême les symboles de son thème macabre-sexuel, les clous, les corps squelettiques, les toiles d'araignée, l'enfouissement, les inscriptions en arabesques. Lukas est indifférent à son travail, mais elle s'en moque. Elle ne cherche ni à le séduire ni à l'épater, elle attend simplement de lui qu'il ne l'abandonne pas. Pour ne pas mourir.

Un soir, il dit : je veux que tu viennes m'aider cette nuit. Tu sais graffer ? Florence se lève et s'habille. Oui, elle saura, oui elle ira. Il l'emmène sur le chantier du RER E. L'entrée de la future station Rosa Parks est mal surveillée. Nous sommes en 2012 et le terrorisme de masse n'a pas encore frappé Paris. Les ouvriers de nuit ne les remarquent pas. Ils pénètrent dans une galerie, aux odeurs de béton brut et de ferraille incandescente. Ils progressent lentement entre les rails, guidés par la lampe-torche. Après plusieurs centaines de mètres, Lukas s'arrête et balaie le mur du faisceau lumineux. Florence reconnaît son style dans cette fresque d'une dizaine de mètres sur trois. Le graff est incomplet, une surface de quelques mètres carrés est encore vierge, à hauteur de Florence.

Lukas lui tend une bombe de peinture noire.

Je veux que tu dessines ici une femme-squelette, comme tu sais le faire.

Florence commence à s'exécuter. Lukas recule derrière les rails, le cercle de lumière s'élargit. Les gestes de Florence s'y découpent comme dans un spectacle de music-hall. Elle se concentre sur son travail, s'enferme dans sa bulle créative. Elle oublie Lukas, ne ressent plus le froid, n'entend plus le vacarme du chantier.

Elle n'entend pas non plus la rame du métro qui, toutes les nuits à la même heure, teste la ligne. Calmement, Lukas attend le moment où il sera trop tard, où Florence ne pourra plus s'échapper. Alors il éteint la torche et saisit son Nikon Reflex, préréglé sur le temps d'exposition maximal.

***

6 février 2016 – Inauguration de la station Rosa Parks.

Le premier ministre, après la visite des infrastructures, parcourt l'exposition des photos du chantier, rassemblées par la fondation RATP. Pour marquer l'esprit ouvert et moderne de la régie, des clichés de graffeurs anonymes, collectés sur Internet, y ont été intégrés.

Manuel Valls apprécie, s'attarde sur l'un d'eux qu'il qualifie d'actionniste, ce qui lui vaut les compliments obséquieux du commissaire d'exposition.

La photo montre un mur saturé de personnages nus et entremêlés, évoquant l'Enfer à la façon de Giovanni da Modena. La lumière est donnée par une rame de métro plein champ, dont on ne distingue que la trace. Au second plan émerge l'image très nette de la fresque. Au centre de celle-ci, le regard est attiré par un squelette au déhanchement grotesque, éclaboussé de sang. Enfin se superpose à cet assemblage le visage spectral d'une jeune femme, figé dans une expression de sidération.

Le rendu est magnifique, et le premier ministre, conduit sirènes hurlantes vers d'autres obligations, s'interroge quelques instants sur les risques pris par l'artiste pour réaliser cette œuvre.

***

Souvenirs désordonnés de Michèle

J'ai peut-être 7 ou 8 ans, tu en as donc 14 ou 15. Tonton Claude est pressé. Il fait glisser le siège conducteur et nous passons à l'arrière de son coupé. On est engoncés, on se sent prisonnier. On a à peine eu le temps de dire au revoir à papa et maman, il démarre en trombe. Claude conduit toujours à fond, parle fort, lâche le volant. J'ai peur mais je ne dis rien, crânement. Tu restes calme, tu me prends la main, tu prends sur toi. « Tonton, tu peux aller moins vite, s'il te plaît. J'ai peur ». Il obtempère. Il rigole, il se moque, mais il obtempère. Il est gentil, l'oncle Claude, colérique mais gentil, c'est vrai qu'il nous fait tout le temps marrer.

Mêmes vacances, on arrive au ski, à la Foux d'Allos. Claude prononce la Fouxe d'Allo, ça nous fait rire. On est sur les pistes, sur la plus facile. J'ai des skis trop grands, je n'arrête pas de tomber, j'ai froid. Josiane ne m'aide pas, ne m'attend pas. Tu ne skies pas très bien non plus, mais tu es là, tu me relèves, tu m'attends. Tu négocies avec Josiane qu'on puisse rentrer plus tôt au chalet, on n'en peut plus, on est fatigués.

*

C'est ton enterrement, il y a Georges. Ça fait bien vingt ans qu'on ne l'a pas vu. Depuis qu'il t'a quittée, sans oublier de te faire souffrir pendant des années, de te laisser exsangue. Je pars, je reviens, je te trompe, je t'aime, je ne t'aime plus. Jusqu'à ce qu'il parte enfin de Nice, avec l'autre, et avec l'enfant qu'il t'avait peut-être refusé. Je ne sais pas, tu n'en parlais pas beaucoup, ou alors quelques allusions que j'ai oubliées.

Il y a aussi Antoine, il est tellement différent de nous, mais tu l'aimais, alors je ne peux pas le détester. Il t'a fait attendre, dix ans peut-être, pour quitter l'autre, pour vivre enfin avec toi. Après, pour un enfant, c'était trop tard, et de toute façon il n'en voulait plus, il avait déjà le sien. Tu avais renoncé. Je l'ai déduit aussi, tu n'en parlais pas beaucoup. Je me souviens simplement des lueurs de tristesse dans ton regard.

Je n'ai pas de souvenir précis de papa et maman ce jour-là. Stéphane fait ce qu'il peut, il sort d'une crise. Jusqu'au bout, tu as été en première ligne pour écouter notre frère, pour l'apaiser. Pour moi, de Paris, c'est plus facile, je ne descends que pour les cas de force majeure. Je peux me replier, mais pour toi c'est tous les jours.

Je suis devant l'autel, j'ai griffonné un texte dans ma nuit blanche. Marion ne me quitte pas, je sens ma fille collée à mon bras, ça me donne des frissons, son amour. Pour elle, ta maladie correspond au moment où elle a eu le courage de repousser papa. Il ne tentera plus de la tripoter, de se frotter à elle dans le couloir de Seillans. Je ne sais rien encore de son drame, et toi tu ne le connaîtras jamais. En attendant, devant des centaines de témoins, je te fais le serment de toujours garder la famille unie. Je pense à Stéphane, je pense aux parents qui vont vieillir. Je joue mon héros qui va reprendre ton flambeau. Tu parles d'un serment, explosé en vol, volé en éclats.

*

J'ai beau creuser, chercher, tout retourner, je n'ai aucun souvenir de crasse que tu m'aurais faite, une vraie. Même pas une vexation.

Je ne me souviens pas d'une dispute avec toi où on aurait pris nos distances au moins quelques jours, comme n'importe quels frère et sœur.

Je sens bien que ça t'agace un peu, au début, quand Dany entre dans ma vie, emporte mon cœur et mon corps. Cet amour est indécent, électrique. Il faut que partout on s'embrasse, on se dispute, on se parle avec un langage bizarre, régressif. J'ai 19 ans et je me la pète, je suis tellement fier, avec mon canon de 23 ans, maîtrise de Lettres. Tu ne dis rien, tu fais parfois la gueule, mais pas un mot méchant, au pire tu te moques un peu.

Ah oui, je me souviens d'une crasse : un jour tu m'as réveillé à 4 h du matin en me faisant croire que c'était l'heure d'aller à l'école.

Et celle-là aussi : je devais être en première année de fac, je portais toujours le même bas de survêtement vert et informe, tu m'as demandé si je comptais m'habiller comme ça toute l'année.

Voilà ce que j'ai trouvé de pire.

*

A la levée du corps, je ne te reconnais pas. Tu as le visage bouffi, ce n'est pas toi. Ils t'ont mise dans une boîte métallique, à l'intérieur du cercueil. Au niveau de ton visage, il y a une vitre, comme dans les films de science-fiction, lorsque les astronautes sont cryogénisés ou immergés dans un liquide spécial pour leurs voyages dans l'espace.

Sur ta tombe il y a une photo, choisie par maman, où je ne te reconnais pas. Tu as un chapeau qui te donne une allure de globe-trotter à la Albert Londres, ce qui vraiment n'est pas ton style. Les amis ont fait sculpter une œuvre par un artiste de votre bande. Elle est belle, de forme surréaliste, multi-face non régulière, mais elle est froide, Il faudra s'y habituer, mais maintenant on a tout le temps.

A la sortie de l'église de Gairaut, beaucoup de monde m'embrasse. Je reconnais certains visages, vingt ans plus vieux. Yves, mon copain d'enfance, celui avec qui on te balançait des insectes par le vasistas des toilettes, me glisse à l'oreille : « n'en profite pas pour draguer », et disparaît. On est en froid depuis longtemps, je ne le voyais plus et, après ces quelques mots, ne le reverrai plus.

Et puis il y a Gérard, mon pote de toujours. On ne se téléphone jamais, on se croise tous les cinq ans, mais avec lui c'est à la vie à la mort. Dès que je l'aperçois, je fonds en larmes. Jusque-là je m'étais retenu, mais il m'a pris en traître, le salaud. Je n'avais pas imaginé que c'est son sourire qui déclencherait les grandes eaux.

Après l'enterrement à Seillans, la mairie a préparé une collation dans une salle municipale du village. Il me conduit avec sa Rolls Royce de location, plus tard dans l'après-midi il me confiera le volant. Ça crée un petit décalage loufoque, à la Tati, un soupçon de dérision qui rend la journée plus légère. Merci Gérard !

*

C'est le moment du prêche, au cimetière, devant ta tombe. Le curé est grand et sec, a des lunettes carrées et des chaussures trop larges. Il n'est ni sympathique ni bon vivant. Il n'a pas d'empathie, c'est un dogmatique, peut-être un intégriste. Son discours me laisse froid, aucune émotion. Il n'évoque rien de toi. Il s'adresse aux croyants, comme si nous l'étions tous, les culpabilise. Mais il n'y en a pas beaucoup dans l'assemblée. Alors j'observe ses pieds, il se balance légèrement d'avant en arrière, une habitude qu'il a prise au fil des cérémonies, pour rythmer sa diction. On sent que c'est important, il est en représentation. Il prend appui sur ses orteils. On les voit bien, il porte des sandales Birkenstock, comme les touristes allemands dont on se moquait.

*

Il y a Marie-Neige, vous avez toutes les deux dans les 16 ans, donc je suis tout gamin. Vous portez de longues jupes à fleurs, des talons compensés, je suis dans vos pattes, je ne perds rien de vos conversations. Vous fumez clope sur clope sur les trois marches à l'entrée de l'appartement. Il est au rez-de-chaussée, il donne directement sur un jardin en pente, à l'arrière d'un bâtiment de la cité universitaire. C'est un logement de fonction, papa est directeur. Il y a des oliviers géants où je grimpe et des buissons de lauriers où je me planque. Pas loin un escalier de secours extérieur, que personne n'emprunte, c'est mon donjon. De tous ces postes je vous observe et vous écoute. Tu as confiance, je ne cafte jamais, et je suis tellement fier d'être dans vos confidences.

*

Environ un an avant ta mort. Tu es venue à Paris, Institut Gustave Roussy, pour faire une curiethérapie. C'est la première fois qu'on entend ce mot, on connaît mal le vocabulaire des maladies graves. On te bombarde pendant deux jours le col de l'utérus de radiations à te tuer une souris en quelques heures. Les infirmières restent vagues sur les effets secondaires à long terme. Vu le destin de Marie Curie, on ne veut pas trop y penser. Ta chambre domine la banlieue Sud. Je prends une photo, on te voit dans le reflet de la fenêtre, comme un spectre.

*

Dany et moi habitons encore en Cité-U, donc tu n'as pas encore 30 ans. C'est la même Cité-U de notre enfance, mais les parents sont partis. Cette fois j'y loge comme étudiant. Je trouve un mot sur la porte de ma chambre. Je lis « Georges et moi nous sommes grippés ». Je ne comprends pas pourquoi tu es venue jusqu'ici pour nous dire ça, simplement. Alors je relis plus attentivement. « Georges et moi nous nous sommes grippés ». Le nous est doublé, la phrase est bancale. Du coup je me focalise sur grippés. Ça pourrait être quittés. Oui, c'est ça. Georges et moi nous nous sommes quittés. Je découvre que depuis des mois vous vous déchirez. Je n'avais rien vu. Depuis que j'ai onze ans vous êtes mon modèle en tout, vous êtes un bloc et je ne l'ai pas vu se lézarder. Par ce mot, tu m'appelles au secours. Tu m'as toujours protégé et là, tu as besoin de moi.

*

Je ne sais pas pourquoi, ce jour-là, maman m'emmène avec elle. Je ne sais pas non plus pourquoi c'est elle qui décide d'y aller seule et pourquoi papa ne vient pas. Sans doute, par orgueil, a-t-il fait son coq. Non, je ne viens pas, je ne veux plus la voir !

On arrive à Caucade dans la maison où vous vivez en communauté. Ce mot résonnait dans mes oreilles comme s'il désignait l'enfer sur terre. Il avait provoqué une dispute des parents bien plus grave que leurs algarades quotidiennes. Chacun se rejetait la responsabilité de ta dépravation. Tu n'étais pas rentrée à la maison depuis quelques jours et le bac approchait.

Dans le jardin, le père de Georges, que nous connaissions, arrache quelques mauvaises herbes. Tiens, que fait-il ici ? Pourquoi n'est-il pas en dépression comme notre père à nous ? Maman, charmeuse de naissance, recompose instinctivement un visage souriant.

– Bonjour, comment allez-vous ? Les enfants sont là ?

– Bonjour Marie-France. Non, ils ne sont pas encore rentrés. J'en profite pour leur faire un peu le jardin, les jeunes, ils ne savent pas. Mais, entrez, Michèle ne devrait pas tarder à rentrer du lycée.

Maman est déjà dans les lieux, à tout inspecter. Trois chambres, une par couple, une grande cuisine, du désordre et quelques cendriers non vidés, rien que de très banal. C'est clair et aéré, on s'y sent bien. Maman rentre bredouille, elle ne t'attend pas.

Moi, je suis admiratif. Tu as 18 ans, ils ne peuvent pas te contraindre de rentrer à la maison. Plus tard, tu as eu ton bac, ce qui a tout arrangé. Les relations se sont aplanies.

*

Deux mois après la curiethérapie, tu reviens à Paris, avec Antoine. Je vous accompagne à Gustave Roussy. Nous passons sous la batterie de châteaux d'eau de Villejuif, celle que j'ai toujours vue au loin depuis mon appartement de Bagneux. Tu sors en pleurs de la consultation, le mal s'est répandu, tu as des micro-ganglions dans les poumons. On s'accroche au préfixe micro, mais tu es condamnée. Tu ne le prononces pas, tu ne le feras jamais clairement. Tu pleures, simplement. Nous reprenons la voiture jusqu'à l'Hay-les-Roses, il fait beau, c'est un bel automne sur la roseraie. Nous déjeunons dans une pizzeria sans décoration, avec des chaises en métal qui grincent sur des dalles blanches premier prix. Tu te reprends, tu retrouves les mots, et même la dérision. Désormais, je sentirai un halo de mort autour de ton corps. Je ferai comme s'il n'existait pas, mais j'y penserai constamment, il ne te quittera pas.

Dany et moi dormons dans ta maison de Gairaut, la première, pas celle qui te verra agoniser. On descend de Paris, en transit de quelques jours, avant les vacances en Corse. On a laissé les enfants à Seillans pour deux jours, c'est la liberté. Antoine part au boulot, toi ce matin tu es de repos. Tu traînes au lit avec un bouquin, tu attends qu'on se réveille. Je me lève, Dany dort encore. On s'installe sur la terrasse de la cuisine, on déjeune et on discute. Il fait doux et on discute plusieurs heures. De politique, des parents, de Stéphane, des amis, de Paris. On refait une cafetière pour Nadine et Robert, puis d'autres, qui sont passés, on chauffe du lait pour Dany qui se réveille. Arthur dort sous la tonnelle, un lézard ne le fera pas se déranger, il a chassé dans le jardin une partie de la nuit. Tu improvises un repas, trois tomates, des anchois, du fromage, ceux qui sont là restent. Je retrouve le Sud, où l'improviste ne pose pas de problème. Je me sens bien, tes amis sont toujours contents de me voir, et ne se retiennent pas de me le dire. Ils m'ont connu ado, presque enfant à l'époque de Caucade, et traité comme un égal. Vous êtes une bande pour la vie, où moi je n'ai gardé que Gérard.

*

J'ai amené le vidéoprojecteur de mon boulot, j'ai loué un film, peut-être Rome ville ouverte, de Rossellini, en tout cas un italien néoréaliste, je sais que tu les aimes. J'installe tout, il fait chaud, tu souffres, tu fais un effort pour tenir jusqu'au bout. On a pris des pizzas, pour l'ambiance, et du vin que tu ne touches pas. Antoine fait des allers-retours dans la cuisine, puis il va se coucher. La lampe du vidéoprojecteur augmente la température, il n'y a pas un brin d'air et la chaleur devient insupportable. Le film se termine, tu me remercies, il faudra se faire d'autres séances. Mais ce sera la seule.

*

C'est la première et seule année où je vis seul, là-haut, à la cité universitaire de Montebello. C'est ma première année de fac, après il y aura Dany. Je suis un étranger dans la ville qui m'a vu grandir. Nouveau quartier, Nice-Nord, à l'opposé de La Lanterne. Papa et maman ont déménagé à Saint-Etienne, mes amis se sont dispersés, dans d'autres facs ou dans d'autres villes. Pendant plusieurs semaines, je ne parle à personne, sauf pour vaguement saluer quelques visages connus du lycée, des gens auxquels je n'avais jusque-là jamais parlé. D'autres se lamenteraient, moi je suis très excité par cette situation où tout est neuf, les profs, les cours, les lieux, les filles, comme une grande bouffée d'oxygène. J'étrenne mon permis tout neuf avec la 4L PTT que Mémé a eu la gentillesse de m'offrir juste avant de mourir. C'est la liberté, le bonheur total. Mon point d'ancrage, ma famille à Nice, c'est toi, Georges, tous tes amis, la rue Hancy. Là, j'apprends les amitiés d'adulte, la musique, la politique. Georges me fait des cassettes que j'écoute en boucle dans la solitude de ma chambre en cité-U. C'est sa manie et ça t'énerve. Ton immeuble est ancien, l'escalier fait un angle ni droit ni plat avec l'entrée sur la rue. L'appartement a une double exposition sur des cours intérieures partagées avec d'autres immeubles dont on ne sait pas vraiment sur quelles rues ils donnent. L'été, lorsque toutes les fenêtres sont ouvertes, les conversations résonnent sans qu'on perçoive si elles sont proches ou très éloignées, comme dans la scène des égouts du Troisième Homme, le film d'Orson Welles. J'ai une perception de l'extérieur uniquement par ces bruits de cour, pour le reste, je suis désorienté. Paradoxalement, il n'y pas non plus de vis-à-vis direct, on n'est pas observé et il n'y a rien ni personne à observer. Alors tout se passe à l'intérieur dans ces grandes pièces un peu vétustes, aux tomettes rouges et hauts plafonds. Tu imprimes ta présence, ton appartement et toi êtes intimement liés. Pas uniquement par le choix de la décoration, mais aussi par ta façon de t'y déplacer, physiquement.

Je suis encore à l'âge où tout s'imprime dans ma mémoire comme sur l'argile d'une tablette sumérienne. Alors je n'oublierai pas le froid des tomettes sur lesquelles on marche nus pieds, la musique que renvoient celles qui sont fendues ou mal collées. Je n'oublierai pas non plus le lavabo antique, le filet d'eau chaude si difficile à maintenir à bonne température. La cuisine et le lave-vaisselle qui ne marche plus, les restes des fêtes dans le Frigo. La guitare de Georges, le linge qui sèche, dans la pièce où je dors de temps en temps. Je n'oublierai pas ce miroir sur la cheminée d'angle où Georges, ou peut-être toi, inscrira je t'aime, ou peut-être je te hais, au rouge à lèvres rouge, ça j'en suis sûr.

*

Tu viens d'avoir ton permis, en une semaine de stage. Tu veux conduire tout de suite, tu as peur de perdre tes acquis. Tu nous emmènes, Dany et moi, dans ta fiat 500, ou peut-être dans ma 4L. Direction la vallée du paillon, vers l'Escarène. La route est fréquentée, il y a de nombreux tournants. Tu veux doubler un cycliste. Tu te retournes pour vérifier ton angle mort. Tu te retournes vraiment, longtemps. Tu ne regardes plus la route devant toi. Par miracle tu ne renverses pas le cycliste. Je suis livide, toi tu rigoles. Tu es confiante, heureuse. Il ne te faudra pas longtemps pour être à l'aise. Tu adores conduire et tu fonces tout le temps.

*

C'est ton dernier anniversaire, tes 50 ans seront l'âge de ta mort. Antoine a réuni tes amis, c'est une répétition de ton enterrement. Moi je ne le sais pas encore, je ne veux pas le savoir. Tu n'es pas encore complétement sous oxygène, de temps en temps tu vas t'en accorder un petit shoot, pour tenir. Ils ne savent pas comment se tenir, beaucoup pensent que c'est une connerie, et ils ont raison. Pour toi, c'est censé être une surprise mais tu l'avais deviné. Je ne sais pas si tu es contente ou en rage. On plaisante parce que c'est une habitude, mais putain qu'est-ce que c'est triste !

Personne ne s'éternise dans le jardin. Quand c'est fini, Antoine nous raccompagne, je ne sais plus où. Sur la route, il s'arrête, voilà, on y est, il va cracher le morceau. Tous ses muscles se relâchent, il va annoncer un malheur, avec sa voix si sérieuse et son accent grave.

Le cancérologue, m'a appelé, Michèle est condamnée, il n'y a plus rien à faire.

Je ne réagis pas, je m'y attendais. Je répète à Dany qui n'a pas entendu. J'admire le courage d'Antoine, de s'arrêter comme ça, et de dire simplement la vérité. Mais une gêne s'installe, je ne sais pas quoi répondre. Il redémarre.

*

On est rue Hancy, Gérard est passé me chercher pour m'emmener à la gare. Je remonte sur Paris. Tu me dis de vérifier mon horaire, on ne sait jamais. Oh merde ! Je me suis trompé d'heure, le train part dans cinq minutes. On est pris d'un fou rire pendant que je bourre mon sac en catastrophe. Je ne pourrai jamais être à l'heure, mais je compte sur un retard du train, on ne sait jamais. Gérard brûle tous les feux rouges, fonce comme au temps de l'Alfa Roméo. A l'époque on avait 19 ans, on provoquait la mort sur la route de Villefranche ou sur l'ancienne voie ferrée de Fayence.

Le train a du retard, je suis sauvé. Je t'appelle, on en rit encore, tu adores que je sois aussi dilettante. Et moi je suis si fier de ça, j'en rajoute pour te plaire.

*

C'est ta dernière nuit, ta nuit d'agonie. Dehors, c'est Cimiez, c'est l'été. Depuis plusieurs heures tu n'es plus consciente, l'infirmière a chargé ce qu'il faut comme dose de morphine dans la pompe automatique. Il a été décidé de ne pas prolonger ta souffrance, on nous le dit à demi-mots. Tes aspirations sont de plus en plus espacées. C'est la pleine nuit, Antoine dort sur l'autre fauteuil, on n'entend que le bruit de ta respiration. Je synchronise mon souffle sur le tien, j'ai du mal à tenir sans suffoquer. L'air ne te sert plus à rien, il n'y plus rien à oxygéner. Tu as basculé, tu es plus morte que vivante. L'agonie dure une partie de la journée suivante. Le tempo ralentit jusqu'à une seule aspiration par minute. Et puis plus rien. Je ne reconnais pas ton dernier soupir, celui qui aurait dû être plus appuyé, celui qui aurait renversé ton visage, sur le côté. C'est le long, l'interminable silence qui suit, qui m'informe que c'était bien celui-ci, ton dernier souffle. J'ai attendu, longtemps, plus de cinq minutes pour être sûr, qu'il n'y en ait plus après. Avec Antoine, nous appelons l'infirmière. Elle se penche sur toi, pose deux doigts sur ton cou, et nous fait un signe. C'est terminé, fini.

*

Vous êtes dans ta cuisine de la rue Hancy. Avec deux copines, vous révisez un examen. Tu vas devenir conseillère en économie sociale et familiale. Ça nous fait marrer parce que ton budget personnel c'est la Bérézina. Tu m'as demandé de vous faire réviser les maths, nous ne sommes pas très efficaces. Un énorme cafard, comme je n'en ai vus qu'à Nice, tombe du lustre sur la table, au milieu de nous quatre. Surpris, nous crions en chœur, sauf une de tes copines, une africaine, habituée à de bien plus impressionnantes bestioles. Sans ciller, elle l'attrape, le jette à terre et l'écrase avec son talon, puis se remet à ses révisions comme si de rien n'était. Nous partons tous d'un énorme fou rire, que nous mettons plusieurs minutes à réprimer. Ta copine est contente de son effet.

*

On a retrouvé un couteau sous ton lit de la cité Jean-Médecin. Quelqu'un s'est introduit dans la maison par la fenêtre de ta chambre. Papa inspecte toutes les pièces, on craint que l'intrus ne se trouve toujours dans la maison. Je suis terrorisé par la vision de cette très grande lame, je ne veux pas rester seul dans ma chambre. Toi, tu n'es pas si effrayée, tu dormiras dans ta chambre cette nuit-là. L'événement alimente pendant quelques jours les discussions familiales. Il reste un mystère autour de ce couteau, sous ton lit.

*

Tu as un GT10, Mobylette casse-gueule à petites roues. Tu conduis trop vite, parce que tu es toujours en retard. Mais tu ne tombes jamais. Depuis le HLM où désormais tu habites seule avec Georges, tu fonces jusqu'à la gare de Saint-Augustin. Tous les matins tu attrapes le train pour Fréjus, où tu es pionne.

Tu es jeune, tu donnes l'impression d'être heureuse, amoureuse, mais avec toi on n'est jamais sûr. C'est ta première maison à deux. Georges est éducateur, il fait de la musique, compose avec son groupe, leur Dieu c'est Léo Ferré, mais il y aussi Lavilliers, Ange, Magma. Ils se produisent de temps en temps, dans des bars, des MJC, et cachetonnent aussi dans les bals, avec un répertoire à l'opposé. Brasilia Carnaval, à deux c'est l'idéal … Un p'tit trou, deux p'tits trous, trois p'tits trous la la … Gamin dans un coin de la pièce pendant les répét', je suis fan. Tu es pionne et fantôme d'une fac quelconque. Vous avez un peu de fric, de quoi faire des bouffes avec les copains. Les uns chez les autres, toujours. Musique, clopes, pinard, beaucoup, mais pas de joints ou très rarement. Peu de restaus, peu de sorties. Il y a Guymar, Grégoire, Arlette, Serge, Blandine. Vous êtes mes modèles.

*

Sur cette photo, je suis dans les bras d'Odile, poupon pataud tenu par notre tante au look de star italienne des années soixante. Toi, tu me prends délicatement le pied, tu essaies d'attirer mon attention sur l'objectif pour que la photo soit réussie. Tu pointes ton doigt vers l'avant, ta main masque une grande partie de ton visage. Dans le même but, Odile me parle pour que je lève enfin les yeux. Mais vos stratagèmes sont inefficaces. Je suis fasciné par le geste que j'effectue avec ma main droite, un pincement du pouce et de l'index qui forme un rond parfait. Rien ne pourrait me distraire de cette découverte. La photo est donc ratée au regard des intentions. Pourtant elle évoque instantanément le mini-drame qui se joue. Elle raconte sa propre histoire de photo ratée, ce dont aurait été incapable une photo réussie. Du coup, elle nous incite à nous pencher sur les détails. Je suis habillé d'une layette tricotée main, aux manches trop évasées, à laquelle il fallait sans doute faire honneur, au moins pour une photo. Les chaussons-chaussettes assortis, tout aussi larges, sont tenues par de fines cordelettes en tissu, et déforment mes pieds en sortes de moignons. Ta main droite qui soutient mon pied gauche a pour tâche d'éviter que je m'en débarrasse avant que le cliché ne soit enfin dans la boîte. Tes cheveux sont sommairement tirés en arrière et tenus par un nœud, en partie caché, qui ne laisse apparaître que des oreilles de Mickey. Tu es affublée d'une robe, manches courtes et larges, aux motifs en losanges, vieillots pour tes sept ans. Elle est surmontée d'un col Claudine haut et raide qui t'enserre dangereusement le cou. Ma layette ne parvient pas à cacher une couche mal fixée, qu'Odile maintient de sa main gauche, fermement plaquée sur mon entrejambes. Sa main droite entoure ma taille et retient mon doudou que moi-même j'agrippe de la main gauche. Celui-là ne risque pas de nous échapper. On devine une serviette sur l'épaule d'Odile, en protection de son pull en cachemire contre un trop généreux roploplo.

Je découvre cette photo alors que Raphaël et moi trions les affaires d'Odile. Pendant que le commissaire-priseur, avec une gentille désinvolture, allotit et estime le témoignage d'une vie, la photo me raconte les quelques secondes de sa prise, me raconte quelques instants de notre enfance.

*

Comme souvent, je dors rue Hancy, dans la chambre aux instruments et au linge qui sèche. Il y a un relent de pisse de chat, ce n'est pas encore Arthur, c'est le premier, Achille, celui de ta vie avec Georges, et qui a mal été opéré. Il me tient compagnie au pied du canapé-lit. Georges me réveille avec une tasse de café, avant de partir travailler. Tu traînes au lit avec un roman policier, tes horaires de boulot sont décalés. C'est ton kiff de traîner en bouquinant. Je te rejoins, on discute, on se marre. On se lève enfin pour le petit déj, le vrai. Dans le salon flotte une odeur de clope, agréable, douce, une atmosphère de maison où les soirées sont longues et conviviales. Ce n'est pas la puanteur âcre et froide des mégots mal écrasés, cauchemar des non-fumeurs d'avant les lois Evin. Depuis qu'il a arrêté de fumer, Georges est intraitable avec le vidage des cendriers. Le petit déj est interminable, on se gave de pain-beurre-confiture et de rasades de café. Deux cafetières y passent, on tchatche, encore et toujours, jusqu'à ce que tu prennes conscience de ton retard. Tu fonces pour te préparer : le lavabo minuscule, le réglage impossible de la température de douche, le maquillage pro express, tu dégages en vingt minutes, la maison reste en bordel, ça ne te gêne pas, tu rangeras en rentrant.

Je reste tout seul, je prends mon temps, la fac attendra. J'écoute de la musique, je lis une BD, je fais la vaisselle, je replis le canapé-lit. Putain qu'est-ce que je me sens bien chez toi !

*

Je suis seul, assis sur un muret, dans le carré de pelouse qui agrémente le parking de la clinique Saint-François. Il est tôt, il fait chaud, les grillons ont démarré leur tsoin-tsoin. Je pleure, dans ma plus secrète intimité, celle où ma pudeur handicapante n'a plus de raison d'être. Les larmes noient et refoulent le souvenir de la nuit, de ta longue agonie. La vision de ta mort a précipité la conscience de ton absence. Absence, disparition, mort, ce sont des mots ambigus, à double sens, qui remplissent le vide et portent l'idée d'un au-delà, d'une forme d'existence, autre, et même d'un retour possible. C'est un leurre, tu es morte, tu es dans l'état de mort, c'est-à-dire dans l'état de néant. A cette seconde, tu n'existes plus, et ton corps n'existera plus d'ici quelques semaines. La certitude, pour toi aujourd'hui comme pour moi un jour, de cet état de néant, réveille une terreur cauchemardesque, l'impression d'une aspiration abyssale, d'un étouffement. Les larmes, les spasmes, évitent de m'enfoncer trop, comme des bulles elles remontent à la surface, vers la respiration et la vie. Je m'éloigne de toi, et je pleure. C'est la raison de mon chagrin.

*

L'après-midi où, surmontant ma timidité, j'invite Pascale à la maison, je te trouve là, dans le salon. Tu comprends que c'est important, c'est la première fois que tu me vois seul avec une fille. Tu ne la connais pas et malgré ta curiosité, tu restes discrète, tu ne prolonges pas la conversation au-delà des présentations. Nous allons dans ma chambre, et cette après-midi-là, je vais faire l'amour pour la première fois, j'ai seize ans. Quand Pascale repart, je te retrouve dans le salon, tu lis des magazines, tu ne poses aucune question. Je voudrais crier ma fierté, mais je n'ose pas.

*

Noël 2004, papa et maman maintiennent le voyage de toute la famille à Tozeur pour leurs cinquante ans de mariage. Naturellement, tu renonces, la chimio te met à plat. Steph est en pleine crise, et dans la nature. On ne sait pas où il est. Mais nos chers parents, eux, ne peuvent pas se passer de fêter leur sacro-saint anniversaire de mariage. Sont-ils conscients de l'incongruité de ce voyage ? Les as-tu incités à le maintenir ? Je peux imaginer que c'est le cas. Au moins tu n'auras pas à donner le change. Claude me téléphone : qu'en penses-tu, Philippe, est-ce que ce voyage est raisonnable ? J'aurais dû répondre : oui, tu as raison. Arrêtons tout ça pendant qu'il est temps ! Lâchement, je ne le fais pas, j'ai toujours le réflexe de ménager maman.

Ce voyage est pathétique, et le cadre s'y prête. Tozeur est une ville où des quartiers misérables côtoient des hôtels faussement luxueux destinés à la beaufitude européenne. Les chambres sont équipées d'immenses baignoires d'où ne coulent que des filets d'eau qui assèchent les réserves disponibles de cette ville plantée en plein désert. La seule rue correctement entretenue est celle qui conduit de l'aéroport à la zone hôtelière. Des femmes de ménage passent sans discontinuer la serpillière dans le hall, affichage de bonne hygiène, ce qui n'a pour effet que de rendre le sol glissant et marqué par les chaussures mouillées. Partout des rues, des avenues et des places Ben Ali ou du 7 novembre, date de sa prise de pouvoir en 1987.

Le 28 décembre, jour de l'anniversaire de mariage, atteint un sommet. Sous un chapiteau glacial où une troupe folklorique tente de réchauffer tout ce que la ville compte de touristes, Dany lit un texte qu'elle avait préparé à cette intention. On n'entend pas grand-chose, le charmeur de serpent fait danser sa bestiole au son d'une musique orientale, à fond dans les enceintes. Je suis mal à l'aise, gêné par cette situation embarrassante qui n'en finit pas. Je pense à toi et à Stéphane, cette fête est tellement triste, incongrue, pathétique. La soirée se termine par une fantasia, produite dans une arène adjacente où seule une poignée de courageux tente de résister au froid.

*

C'est le seul et unique été où tu viens à Figari avec nous. Ta séparation d'avec Georges est récente, Dany et moi n'avons pas encore les enfants. Notre rythme est ritualisé. Grasse matinée jusqu'à midi, repas préparés par la maman de Dany, aux petits oignons, sieste puis plage l'après-midi, jusqu'en début de soirée. Le soir on retrouve une bande du village, des connaissances de Dany. La soirée finit immanquablement à Cala di Rena, boîte de nuit qui draine tous les fêtards du sud de la Corse. Nous rentrons au petit matin. Sa boutique est encore fermée, alors, par l'entrée de son garage, le boulanger nous vend ses premiers pains au chocolat, que nous mangeons assis sur un muret, exténués. Les boîtes, c'est à l'opposé de tes habitudes. Toi et ta bande de Nice, c'est plutôt des soirées chez les uns ou chez les autres. Vous jouez de la guitare, vous refaites le monde. Ici, des types s'époumonent pour couvrir les décibels, et te font une drague insistante, tout en lourdeur. Ça te fait marrer, tu es détendue, tu te moques un peu, c'est sans doute le dépaysement total qu'il te fallait à ce moment précis.

*

Il t'arrive d'exprimer qu'enfant tu as reçu plus de coups que la moyenne. Mais tu te heurtes à un mur. Je n'ai jamais entendu papa entamer un début de mea culpa, au mieux il accuse l'époque, les débuts difficiles, la tension des événements d'Algérie. Maman dit que tu ne mangeais rien. Tu n'insistes pas, il y a un tabou sur ces violences.

En revanche, tu ne manques jamais de t'opposer à papa sur tous les thèmes polémiques. Derrière lui, les machos de la famille – Claude, Pépé, Nono – font bloc, les gentils comme les fachos, les de droite comme les de gauche. Tu as du boulot. Les discussions convergent immanquablement vers les rapports hommes-femmes. Ils postillonnent, ils rougissent, ils rient grassement, on les sent excités de te voir leur tenir tête jusqu'au bout. C'est la curée. Les autres femmes sont soit complices soit muettes. Ils s'épuisent, tu ne lâches rien. Je ne t'aide pas beaucoup, je n'ai ni la motivation ni la voix assez forte pour m'imposer, mais je t'admire.

Il y a rarement de la rancœur après ces algarades, les tensions se diluent en plaisanteries et rigolades, autour des repas mythiques de Seillans, que l'on n'interrompt que pour quelque partie de boules ou de cartes.

*

Il revient dans les histoires de la famille que c'est toi qui m'a appris à lire, et qu'ainsi j'ai pu sauter le cours préparatoire pour entrer directement en CE1. Tout mon adolescence, j'entends cette information, elle est virtuelle, je n'en ai pas de souvenirs directs. J'ai un flash de l'école maternelle à Saint-Etienne, où je me fais bousculer dans la file des élèves qui attendent de rentrer en classe. J'ai un flash du CE1 à Nice, école des Magnolias, où je vomis à la cantine une pomme mal digérée. Mais entre ces deux micro-traumatismes, rien. L'information est vraie car j'ai effectivement sauté le CP, et il paraît pertinent que ce soit grâce à toi et non aux parents qui n'intervenaient dans nos études que pour commenter les notes, surtout les mauvaises qui déclenchaient des menaces de restrictions, rarement mises en œuvre.

*

C'est l'été, nous entamons la transhumance de Nice à Oloron où nous passons toutes les vacances, chez les grands-parents paternels. A l'arrière de la Renault 10, Stéphane trône au milieu de la banquette, son siège bébé occupe l'essentiel de l'espace. Tu es coincée sur la côté droit, derrière maman, et moi derrière papa qui conduit. Le moteur est bruyant, il est difficile de se parler, alors on rêvasse. Tu as des rêves de 16 ans, j'ai des rêves de 9 ans. De temps en temps, tu acceptes de jouer. Je compte les R5, tu comptes les 204. Je compte les plaques 75, tu comptes les 69.

Nous traversons la France du Sud, Provence, Languedoc, Pyrénées, en trois jours et autant d'étapes que la famille en propose, disséminée sur cette bande de territoire par le rapatriement chaotique d'Afrique du Nord. Nous amassons en chemin assez d'argent de poche pour tenir toutes les vacances.

A Pondheil, le quartier d'Oloron où habitent Pépé et Mémé, les maisons sont grandes et fonctionnelles, dotées de grands jardins. Nous y retrouvons, d'année en année, nos bandes de copains respectives. Nous sommes attendus, nous avons l'avantage de l'exotisme. Tu as tes prétendants, tes petits secrets. Nous avons des vélos et la liberté, Papa et

Maman nous foutent une paix royale. Ici, l'autorité, c'est Mémé, elle nous gâte et nous accorde tout.

Plus tard, tu y reviendras quelques fois avec Georges. Je n'y passerai qu'un seul séjour avec Dany, avant que Pépé ne vende pour s'installer à Antibes. Mémé était morte et le vide était trop grand.

*

Je tape ton nom sur Google, et je lis cette information : une section du Parti Socialiste de Nice portera le nom de Michèle Mangion, conseillère municipale décédée le ...

C'est une partie de ta vie que je connais peu. Tu m'en parles de temps en temps, mais je n'habite plus Nice, je ne connais pas tes amis militants, alors ça reste virtuel. Je sais que tu peux être virulente dans les discussions, mais tu gardes une certaine distance, comme si tu n'étais pas dupe, comme s'il s'agissait d'un jeu. Je ne vois pas d'ambition, ni de rêve de carrière, ni même quelque intérêt personnel que tu pourrais trouver à cet engagement, mis à part un besoin d'être aimé, et que les gens se sentent bien en ta compagnie. J'y vois aussi une forme de loyauté, tu es engagée derrière un opposant interne au Parti Socialiste local, dans une ville où la gauche est elle-même écrasée par la droite. Ça ne ressemble pas à une stratégie gagnante, on ne peut pas te soupçonner de carriérisme. Tu t'investis au Conseil Communal d'Action Sociale, tu enchaînes les réunions en soirée. De son côté, Antoine a aussi ses engagements, cette vie vous convient.

Dans l'église de Gairaut, Patrick Mottard, ton mentor, fera ton homélie politique, juste avant mes propres mots, que j'ai crachés sur une feuille arrachée. Je n'écoute que d'une oreille ; la foule d'officiels et d'inconnus, qui déborde sur le parvis, est bien plus concernée.

*

Papa fête ses soixante ans, tu as l'idée de lui composer une chanson qu'on lui chantera à quatre. Tu écris les paroles et Stéphane la musique. C'est plutôt réussi, on se moque de Papa lorsqu'il décrypte les listes des courses que Maman lui confie. Sa phrase rituelle fait notre refrain : quel genre de …

Si maman indique huile d'olive, il est incapable de faire un choix, et demande systématiquement : quel genre d'huile d'olive ?

Stéphane accompagne notre chœur à la guitare, Dany donne le tempo. Tout le monde se marre, on est content de notre effet.

*

Tu prends le train pour Nice, gare de Lyon. Tu es en retard, c'est notre destin, alors on fonce sur le quai. Dany, enceinte jusqu'aux yeux, monte sur un chariot que je pousse un peu trop vite. Tu réussis à monter dans le wagon, de justesse. Ça nous évite de larmoyer. Papa et Maman repartent à Rouen le soir même et Dany accouche de Romain le lendemain matin à 6h30, par césarienne après dix heures interminables de poussée infructueuse.

*

J'écris au stylo depuis le début de la nuit, dans ta chambre d'amis. Ce n'est plus la chambre aux instruments et au linge qui sèche de la rue Hancy, il y a une petite terrasse couverte dans ta seconde maison de Gairaut. Ce projet vous a tenus plusieurs mois, Antoine et toi, mais tu n'as pu profiter de ce jardin d'hiver que malade, comme Hans Castorp, le phtisique de la Montagne Magique. Il n'y a plus Achille, mais Arthur qui me tient compagnie, au pied du canapé-lit. Toi, tu passes ta dernière nuit sur terre dans un funérarium du côté de Saint-

Augustin, au bout ouest de la ville, où la promenade des Anglais perd son faste et ses belles façades. C'est le quartier de notre enfance, tu es à quelques centaines de mètres de la cité Jean-Médecin, de ta première maison en communauté avec Georges et tes amis, de l'appartement de papy et mamie, du cimetière Caucade où ils sont enterrés avec Charles, de nos écoles, de nos lycées. Gairaut, c'était le quartier des riches, le quartier de Jacques Médecin. A l'époque, on s'en moquait.

La maisonnée essaie de dormir, j'ai toute la nuit pour écrire, je peux penser à toi complétement, dans le calme. J'écris au stylo, un bloc sur mes genoux, des mots que je lirai pour toi demain, à l'église.

Je vais te parler de nostalgie et d'humour. Je vais te parler de rires et de douleur. Je vais maudire la médecine qui n'a pas su te guérir, je vais la pardonner pour t'avoir accordé une dernière nuit paisible. Je vais raconter tes projets pour l'honneur, que tu me confiais entre deux quintes de toux, de la cuisine d'été ou du tour d'Italie en camping-car. Je vais appuyer là où ça fait mal pour espérer soulager la plaie.

Je vais te promettre de ramener tout le monde sur la rive, de réinvestir nos corps, de quitter cet entre-deux où depuis vendredi tu nous as laissés, où tu n'es plus là mais encore là. Je vais te faire la promesse qu'un jour nous penserons à toi tranquillement, que nous évoquerons les souvenirs d'avant. D'avant le cancer qui t'a mutilée, étouffée.

Je vais imaginer les rêves de ta dernière nuit sous morphine, des champs d'oliviers en pente douce sur un rivage de Calabre, un jardin magique, près d'une maison rouge, une fête sans fin.

Je vais te déclarer mon amour avant de te laisser partir.

Je me relis, c'est un peu emphatique. Je t'imagine sourire et être émue à la fois. Une forme de pudeur qui te ressemble.

***